Não jogue fora um homem bom desses

ANA EMÍLIA CARDOSO

Não jogue fora um homem bom desses

FARIA E SILVA

Não jogue fora um homem bom desses

ISBN: 978-65-602522-33

Produção Editorial: Grupo Editorial Alta Books
Impresso no Brasil – 1a Edição, 2025

Edição revisada conforme o Acordo Ortográfico da Língua Portuguesa de 2009.

C173n
CARDOSO, Ana
Não jogue fora um homem bom desses / Ana Cardoso. – São Paulo: Faria e Silva Editora, 2025.
152 p. ; 14 x 21 cm
ISBN 978-65-602522-33

1. Divórcio - Relatos pessoais. 2. Separação conjugal - Aspectos psicológicos. 3. Crise conjugal - Literatura. 4. Literatura brasileira - Século XXI. I. Título.

CDD: 306.89

ALTA BOOKS
GRUPO EDITORIAL
www.altabooks.com.br

Rua Viúva Cláudio, 291 — Bairro Industrial do Jacaré
CEP: 20.970-031 — Rio de Janeiro (RJ)
Tels.: (21) 3278-8069 / 3278-8419
www.altabooks.com.br — altabooks@altabooks.com.br
Ouvidoria: ouvidoria@altabooks.com.br

Editora afiliada à:

ASSOCIADO

Às mulheres com passagem por um divórcio,
tanto as tristes quanto as felizes.

Parte 1

Traí. Não foi um caso de meses, nem uma noite casual de sexo selvagem. Foram alguns beijos e amassos em um cara comum, coisa de bêbada. Fiquei com ele no bar onde estavam alguns conhecidos meus e do meu — agora — ex-marido. Foi bom, eu andava triste, me sentindo sozinha. Me diverti horrores naquela noite. Na minha cabeça ninguém estava prestando atenção em nós, ninguém viu nada. Só na minha cabeça.

Talvez se a pegação tivesse parado ali ficaria por isso mesmo e a vida seguiria seu curso. Ressaca no dia seguinte, uns dias de mal-estar e em meses nem me lembraria mais, estaria completamente readequada à enfadonha rotina emocional da vida de casada.

O fato de termos trocado telefones e engatarmos uma conversa picante madrugada adentro tornou aquele pequeno escorregão um crime inafiançável, o pino retirado da granada que anuncia a guerra. Descuidei ao entrar no quarto, quase de manhã, e meu ex apossou-se do telefone. Enfureceu-se e botou uma pedra em cima de tudo que vivemos. Saiu de casa para nunca mais voltar. Por causa de uns beijos. E meia dúzia de nudes. Achei a reação desproporcional.

Todo mundo precisa, de vez em quando, de uma descarga de adrenalina, serotonina, dopamina, um desses hormônios que nos deixam a mil. Entendo que olhando do lado do cônjuge que estava dormindo em casa possa parecer terrível, mas por que motivo ele não estava lá comigo? Quando sai de casa era cedo, o bar fica a menos de dez minutos de carro e ele sempre disse gostar daquele tipo de ambiente. Mas não foi, nunca ia. Eu fui, estava divertido e deu no que deu.

Há anos venho testemunhando separações. Algumas brandas, outras ardilosas, com traições, violências e descasos. Já rompi amizades, discuti com deus e o mundo, mas nunca havia dado motivo para falarem ou questionarem minha dedicação ao Beto. Meu casamento era sólido como um túmulo de granito de alguém rico e importante. Parecia inquebrantável, mas rachei ele todo, numa só marretada.

Será que uma pessoa que preza mesmo o casamento abre mão de uma vida juntos por causa de uma noite sem importância? Essa pergunta cabe a nós dois.

Separada

Estive casada por mais de vinte anos com o mesmo homem, Beto, Nilson Roberto Esteves Filho, pai da minha filha e grande paixão da minha vida. Se o casamento foi uma brisa de aprendizagem que soprou lenta e constante, a separação tem sido um ciclone extratropical, desses que têm se tornado comuns e que causam destruição, enchentes e nos deixam prestes a desmaiar. Tudo muito rápido.

Por que acabou? Nenhum casamento termina do nada, por uma bobagem. A gente geralmente não enxerga o óbvio. Está ali, embaixo

do nosso nariz, entre o lençol e o cobertor, a porta e o elevador. As relações vão ruindo, ruindo e quando vemos, elas apenas não existem mais.

Muitas vezes ouvi: se houver uma brasa, uma fagulha que seja, sopre forte, não ponha sua família fora. Mas quando a gente não tem mais fôlego para soprar, faz o quê?

É difícil aceitar o fim. Passei anos pensando que não dava mais, que estava infeliz na relação. O problema é que a vida de casada faz parte do modelo de sucesso que nos ensinam. Estar casada não deixa de ser uma vitória, uma vitória não definitiva, bem trabalhosa, daquelas que demandam manutenção diária. Mesmo quando um casamento vai de mal a pior a gente não sonha em se separar. Não tem glamour algum nisso. Um divórcio não é algo descolado, é doído. Há que se viver o luto de um projeto, quando não de um sonho.

Assim, quase toda separação costuma ter aura de derrota. Quando alguém me conta que algum casal está se separando, fico curiosa. Por quê? Quem saiu de casa? O que houve? Aposto que ele tem outra. Já sei, ela se apaixonou. Cada pessoa é um universo e muitas podem ser as trilhas que levaram ao fim. Hoje acredito que se separar não é fracassar, é começar outra vida.

Não tem um dia em que eu não pense na personagem Christine, do livro "Êxtase da transformação", de Stefan Zweig. Nenhuma passagem literária me explicou tão bem o que é viver uma situação tão invisível e limítrofe quanto o fim de um casamento quanto esta que diz: *Toda matéria possui certa medida de resistência, além da qual a elevação não é possível, a água tem seu ponto de ebulição, os metais seu ponto de fusão, e também os elementos da alma não fogem a essa lei irrevogável. A alegria pode atingir determinado grau, qualquer acréscimo já não será percebido, e assim também ocorre com a dor, o desespero, a repugnância e o medo. Quando cheio até a borda, o vaso interior não absorve nem mais uma gota do universo.*

Meu vaso interior estava cheio demais, tanto que transbordou naquela noite. Poderia ter sido outro dia, em outra situação na qual eu não performasse uma vilã, mas aconteceria a qualquer momento, era inevitável. Tanto que o ocorrido não foi exatamente uma surpresa pra ninguém. Ninguém me dirigiu um olhar triste e disse: Vocês? Nunca imaginei!

Poucos rompimentos chocam na pós-pandemia. Boa parte das pessoas que estavam se enrolando para terminar uma relação percebeu que não havia como postergar eternamente algo tão central na vida.

O problema é que a gente é uma pessoa quando está solteira. Casa, vira outra. E outra. E outra. Lá pelas tantas, nem sabe mais quem é. Aí, quando se separa, a gente descobre tanta coisa que fica difícil acreditar que nossa vida estava como estava. Ou que aquela mulher casada era mesmo a gente. Já faz algum tempo que aconteceu comigo e continuo surpresa. E feliz.

O que eu mais gosto é da sensação de que tudo pode acontecer. Os homens me paquerando, eu fazendo charme. Gosto de ser admirada, de ser livre e não orbitar ninguém. Aquela traição foi só o começo de um longo período de entender quem eu sou, do que eu gosto e de como a vida pode ser bem divertida.

(Antes da pandemia, três anos antes de ele sair de casa, estava tudo mais ou menos bem.)

O sangue, a briga e a vida

Só uso absorvente com abas. Os modelos mais finos são sempre engolidos pela minha bunda. Preciso de proteção extra. Toda vez que peço ao marido que traga absorventes da rua, ele compra errado. Fico puta da cara.

Estamos casados há vinte anos. A menstruação faz parte do convívio íntimo de qualquer casal. Há mulheres que tremem de dor, mal saem da cama nesses dias. Muitas vivem quase normalmente. Outras tomam injeções para não menstruar. Já pertenci ao primeiro grupo, quando tinha endometriose. Hoje, pós-cirurgia, me esforço para ficar de boas. Não a ponto de celebrar o sangue, mas sem sofrimento.

Trabalho o dia todo, dirijo por horas e me ocupo da vida dos alunos, das amigas e da família. Planejamento ou rotina são palavras absolutamente estranhas pra mim, vou vivendo e fazendo. TPM nunca foi problema aqui em casa, mas quando meu sangue desce e nunca tenho absorventes, uma guerra doméstica se anuncia. Imploro que ele vá à farmácia, ele compra sem abas, será de propósito? Ele, que não é de reclamar, se indigna: Será possível, por que não ter em casa um estoque de absorvente com abas, seja lá como for, do modelo que gosta?

Brigamos, discutimos, eu choro, ele pede desculpas. E o casamento segue, com brigas tão cíclicas que poderiam ser marcadas no calendário e até mesmo previstas. Bem como minha menstruação, que nunca sei quando vem. E para a qual nunca estou preparada. Mas deveria, segundo ele.

Sorvete para resfriar

Amo sorvete. De pistache, iogurte com mirtilo, goiaba, chocolate, limão siciliano, creme, não consigo pensar num sabor que eu não encararia. Adoro passas ao rum, cereja, manga e amarena. Quando está muito quente, prefiro fruta sem leite, tipo *sorbet*. De preferência numa casquinha.

Assim, quando meu então marido fisioterapeuta anunciou, em 2018, que abriria uma gelateria, fiquei animada, apesar dos quilos a mais na silhueta. Há anos eu era a pessoa que passava o dia na rua ralando e chegava em casa tarde, enquanto ele trabalhava num esquema flexível. Atendimentos numa clínica, sem muito estresse, com tempo até para se dedicar à sua paixão, tocar bateria.

Pensei que estava ali a solução para uma equação desigual que vinha minando nossa relação há tempos. Apesar de curtir suas massagens, nunca tive muita paciência para conversar sobre sua profissão e tudo que ela envolve, como o quadrado lombar, o músculo piriforme ou as contraturas. Sou muito mental, não uma pessoa interessada no funcionamento do corpo. Já de sorvete, sempre gostei.

Primeiro ele elaborou — com todos os detalhes possíveis — o projeto da tal sorveteria. Contratou meu cunhado arquiteto e não falava de outro assunto.

Sorvete, máquina, sabor, insumos, investimentos, local, prazos, precificação. O homem congelou seu cérebro para todo o resto. Virou o hiperfocado.

Gosto de conversar. Sou aquariana louca. Tudo (menos o corpo) me interessa, não perco uma discussão por nada neste mundo, estou sempre ligada na tomada. Ainda bem que passo o dia na universidade tagarelando com gente criativa e interessada. Dou aulas de manhã e à noite e faço doutorado à tarde. Quando chegava em casa, exausta, às vezes não queria nem mesmo conversar porque já havia esgotado o repertório do dia.

Porém, nos dias em que eu queria o mínimo de interação humana doméstica, o assunto era um só: sorvete. Ou sexo. Aí, quem esfriava era eu.

Distâncias

Como todo curitibano, ele tinha uma fixação por Florianópolis, capital de Santa Catarina, a três horas de carro daqui, num dia sem trânsito.

— São só quatro dias de curso, Estela. Vou correr a Volta à ilha, descanso, aprendo a fazer sorvete com o melhor sorveteiro do Brasil e logo volto pra casa —, prometeu com os olhos brilhando, imaginando que eu morreria de saudades durante a semana que passaria fora.

Eu estava tão envolvida com minhas aulas que nem me importei. Fiquei até feliz pensando de fato nos sorvetes. Foi bem nessa época que nossa filha começou a se fechar, ir mal da escola, não querer fazer nada. E ele? Nem aí, só falava em casquinhas, coberturas e essências.

Quando chegou a data da viagem para Floripa, fiquei estranhamente feliz. É bom não ter um homem em casa todo dia. Eu vi vantagem em poder sair a noite com as amigas para tomar um chope sem avisá-lo e em não ter que ignorar seus comentários sobre eu comprar roupa demais ou comer chocolate o tempo todo.

Ele, organizado que é, desmarcou os pacientes, arrumou suas coisas, pagou a corrida e o curso, alugou um apartamento na praia do Jurerê e foi. Normalmente quando ele vai só para a corrida, fica num hotel no centro, com sua equipe. Lá contratam uma van que dá o suporte técnico. É o ponto alto do ano dele. Ele se deslumbra com as paisagens. Verdade seja dita, Floripa é mesmo linda. Ainda mais pra quem gosta de correr, num dia em que a cidade toda respira a tal corrida de revezamento.

Houve anos que eu ficava insegura, me sentia sozinha e até pensava que se eu não tivesse que trabalhar, iria junto. Nem que fosse pra ficar na piscina do hotel ou na praia pegando sol. Adoro sol. Ficar mais velha tem essa vantagem: a gente passa a valorizar mais nossas coisas, nossos programas, e desencana de estar sempre junto, de vigiar e cuidar (do marido).

Assim, em 2019, eu estava bem mais interessada no curso dele do que preocupada com o que ele faria e quem encontraria na tal corrida. Zero ciúmes, zero preocupação. Já fui bem pior que isso, pensei, na ocasião.

Como fazer sorvete bom

Na Praia dos Ingleses, vive um italiano que vem fazendo história com seus sorvetes de massa. Em frente à sua loja, formam-se filas todos os dias até a hora de fechar. Ele nem era sorveteiro de profissão, mas se apaixonou por uma farmacêutica brasileira cuja irmã tinha uma pequena sorveteria em Criciúma, no sul de Santa Catarina, o que acabou transformando sua vida. O amor faz suas mágicas.

O casal se conheceu numa viagem de Juliana com amigas para Portugal. Ele achou divertida aquela brasileira que não abria mão dos óculos escuros nem para tirar fotos. "Fiquei intrigado", conta ele. Eu, particularmente, acho a coisa mais natural do mundo. Ainda mais em Portugal com aquelas calçadas brancas que refletem a luz que quase cega a gente. Mas Cesare achou curioso. Quis conhecer mais a catarinense. À noite já estava encantado pela risada, o bom humor e os enormes olhos azuis com cílios fartos que se esconderam durante o dia atrás das lentes escuras com proteção contra raios ultravioletas.

Não demorou pra ele atravessar em definitivo o Oceano Atlântico e firmar residência em Santa Catarina. Se na Itália era contador, aqui mudou completamente de ramo. Priscila, sua cunhada, irmã de Juliana, estava prestes a fechar um negócio da família, uma sorveteria — ironicamente — italiana. Cesare quis conhecer a loja, o maquinário, os sabores e brilhou: teve uma ideia. Por que não vender sorvete na praia onde moravam, no norte da ilha de Florianópolis?

Com o know-how adquirido da cunhada, Cesare e Juliana começaram a produzir sorvete em casa e vender na garagem, nos finais de semana. De imediato os sabores butiá e pitanga conquistaram um público. Os butiás, pequenos cocos amarelos com gosto agridoce colhidos em palmeiras anãs, vêm do sul do estado, de Laguna, Tubarão e Criciúma, uma delícia.

As pitangas são colhidas nas ruas da Praia dos Ingleses mesmo. Como tem pitangueira na região! Em questão de meses, vinha gente da ilha toda atrás dos sorvetes. A Monte Pelmo logo se tornaria o estabelecimento com mais avaliações positivas em rankings como o Trip Advisor. É considerada a terceira melhor do país. O cardápio, inicialmente frugal, foi crescendo e incorporando sorvetes com leite, chocolate e doce de leite. Tudo fica melhor com chocolate; me admiro eles demorarem tanto para entender isso.

Juliana largou o emprego para se dedicar ao sorvete. Contrataram funcionários, boa parte composta por sobrinhos desempregados ou turistas deslumbrados com a beleza das praias catarinenses, e a empresa cresceu. Construíram uma casa perto dali, expandiram a produção para atender as filas que chegam a 300 pessoas nas noites quentes de verão. Tudo isso sem perder *a mística do sorvete italiano*. Após o segundo domingo de maio, dia das mães, o casal fecha as portas e vai para a Itália, visitar a família de Cesare e provar *gelati* em diferentes regiões do país da bota.

Em Florianópolis, fica o vazio e a expectativa. Quando vão reabrir a sorveteria? Geralmente no feriado de sete de setembro, quando o tempo volta a esquentar e os turistas descem em hordas para a cidade. O que mais tem lá é paulista, curitibano e gente do interior de Santa Catarina mesmo. E gaúchos, que sobem a BR 101.

A fila da Monte Pelmo é conhecida na região como "a fila mais feliz do mundo". Era esse sucesso que o Beto almejava quando passou uma semana com o sorveteiro para aprender o ofício. Ele me contou essa história como se fosse a dele, emocionado. Estava mordido pela ideia, nada o tiraria dessa trilha gelada e deliciosa. Achei exagerado e ingênuo, ele me acusou de ser materialista e não me permitir sonhar.

Naquela semana que fiquei sozinha em Curitiba, enquanto ele estava em Florianópolis, percebi uma coisa: sozinha, eu já era, porque mesmo quando ele estava comigo, não estava. Não ouvia o que eu falava, não me fazia companhia, não se interessava por nada meu.

Pandemia

Se eu puder resumir aqueles dois anos, seria mais ou menos:

2020 – Nós dois em casa, ele cozinhando comidas veganas, assando tortas, planejando o lance do sorvete, a gente indo pra casa de praia da mãe dele, em Matinhos, a quarenta minutos daqui, e encontrando poucos amigos de vez em quando. Estávamos bem. Nunca fomos tão família margarina. Ele fazia almoços deliciosos. Eu caprichava no café da manhã da nossa filha. Todo mundo em casa, online, filme, pipoca. Era ruim, mas era bom. Ele estava entediado com seu trabalho, foi abandonando os pacientes. Dizia que não aguentava mais atender gente sedentária que não se cuidava e que não ia a pé nem até a esquina. Às vezes eu sou essa pessoa, algo contra?

2021 – Nossa filha teve um problema de saúde. "Não é nada, vai dar tudo certo", ele dizia. Tive que me preocupar sim, ir atrás de tratamento, convencer a menina a se curar, viajar, comprar tudo que ela precisava e contratar profissionais de saúde. Enfim, resolvi tudo sozinha.

Ele estava ocupado demais abrindo sua sorveteria Gelato Stellato, uma brincadeira com meu nome (sorvete estelar). Fiquei feliz? Me senti honrada? Mais ou menos. Eu já estava cansada do assunto.

A Gelato Stellato foi inaugurada no começo do ano, no auge do calor curitibano, em dias lindos de 20 graus Celsius. Estou brincando, às vezes faz muito calor aqui. Beto largou de vez o triângulo da clavícula e a cintura escapular. Alguns pacientes reclamaram. Não tem quem não goste do Beto. Ele é lindo, sorridente e educado. As pacientes ficavam meio apaixonadas por ele. No começo eu sentia ciúmes, hoje em dia não mais. Trocou de admiradoras: pacientes com dor, por clientes viciadas em açúcar. Fui poucas vezes lá, não queria ser chata, ficar me metendo. A empolgação dele estranhamente não me contagiava. Preferi ir à praia e focar em meu doutorado naquele verão.

A pandemia o ajudou. Mesmo quando as restrições sanitárias apertavam, ele podia abrir as portas. Anos pensando em abrir um negócio deu nisso: um modelo inédito na cidade. O Beto desenvolveu uma forma de venda higiênica e segura: não havia contato humano, nem risco de contaminação. Ele e seus funcionários não dispensavam as máscaras e o cliente era atendido à distância, em um ambiente aberto.

Estava bem, feliz. Antes das seis da manhã saía, voltava às nove horas da noite, exausto. Virou outra pessoa. Nem se alongava mais antes de dormir, de tão cansado que ficava.

Às vezes, a gente conversava, só sobre o que ele queria, óbvio. A seu lado, a vida foi se tornando etérea, virtual e gelada. Sem sabor nenhum.

Parte 2

O ocorrido, segundo minha amiga Gabriela

Era sábado, eu estava em casa. Ela me ligou perguntando o que eu ia fazer. Era véspera de feriado e o Beto ia dormir cedo pois pra ele não há mais feriado. Ela queria sair, aí eu falei: vamos tomar alguma coisa. Ela me pegou de carro e sugeri o Lola, porque a dona é minha amiga.

Percebi que ela estava triste. No caminho me contou que estava tomando antidepressivo. Aquilo me assustou, porque não combina com ela. Ela é sempre pra cima, animada, gosta de discutir, tem energia de sobra. Ela tomar remédio me soou estranho.

Ela contou que as coisas estavam ruins em casa, que a filha não se empolgava com nada, que tudo era problema e que o marido nem sequer conversava sobre a saúde da filha ou qualquer outra coisa que não fosse sorvete.

Quando chegamos no bar, ela pediu um vinho. Em trinta anos de amizade eu nunca tinha visto ela tomar vinho, sempre bebeu cerveja. Muita cerveja, só cerveja. Na mesma hora, me adiantei e pedi uma água. Não gostei daquela combinação: tristeza, problema com marido, filha, antidepressivo e vinho. Isso nunca acaba bem.

A gente estava sentada na mesa tomando vinho — e água — quando chegou o tal do Felipe, que eu não conhecia. Ele estava bem alterado, imagino que tivesse cheirado. Porque eu não conhecia ele, mas conhecia sua fama. Ele estava muito acelerado. Sem parar de se mexer um segundo, veio até à nossa mesa e me cumprimentou como se a gente fosse brothers há anos. Eu nunca tinha visto o cara. Ele puxou papo comigo e com ela. Lá pelas tantas, gritou: A Luara tá aí.

A Luara é uma amiga em comum. Todo mundo a conhece em Curitiba. Ela tem uma revista e boa parte da cena cultural da cidade vincula seu cpf ao cnpj dela. Uma mulher gigante, engraçada, eloquente.

Era novembro de 2021 e fazia tempos que eu não via ninguém, a gente estava justamente saindo do sufoco da pandemia. Foi uma noite diferente, tinha muita gente ali que estava saindo de casa pela primeira vez em meses. Talvez tenham sido as vacinas, não lembro bem ao certo de onde vinha tanta euforia. A gente viu uma luzinha no fim do túnel e seguiu.

A sensação era a pandemia vai acabar, a pandemia tá acabando, vamos virar a página!

Quando a Luara chegou na mesa, estava tão animada que me levantou no colo e me rodou. O clima festivo deixou a Estela relaxada e rapidamente ela foi se enturmando.

No Lola o povo sempre fica metade dentro, metade fora. Especialmente quem fuma. E a Luara fuma muito. Quando a Estela sugeriu que a gente fosse para fora, eu estava com preguiça, não estava nessa animação toda. Eu pensei: vixe, antidepressivo, vinho, ir lá fora. Só falta ela fumar. Um parêntese aqui: ela é uma ex-fumante que não fumava há mais de dez anos.

Nisso chegou o Marcelo, meu marido, o Gláucio, o Marcos, o Gengibre, a Elis, o Tomás, uma galera. O que era uma saidinha foi se transformando num festival de gente com saudades de abraçar gente na calçada do Lola.

— Desce mais um vinho, Raquel! — berrou a Luara.

— Mais um pra mim também — imitou a Estela, já bem, bem faceira.

Que a Estela é rápida, todo mundo sabe. O Felipe não fica atrás. Sabe quando parece que tem um ímã ligando duas pessoas? Os dois não calavam a boca. Quando a gente olhava, eu, que estava mais sóbria, percebia que ia rolar alguma coisa.

Lá pelas tantas, o Tomás fechou as portas do bar e o povo começou a dançar lá dentro. Antes das duas da manhã, posso afirmar sem margem de erro que estava todo mundo superbêbado. É engraçado porque a gente olha as fotos daquela noite e está lá a prova: ela sempre do lado dele. A noite toda. Uma química absurda entre os dois, além do excesso de químico que rolava na corrente sanguínea do Felipe. Ele é muito frenético.

O humor dela melhorava à medida que as horas passavam. Ela toda colorida, toda bonita, feliz, animada, bêbada, inebriada de estar com gente. Há tempos não via minha amiga naquela alegria.

Todo mundo elogiando ela, só pessoal de esquerda, a gente bebendo. Tava tudo ótimo.

Em algum momento meu marido foi ao banheiro e viu os dois se beijando.

Eu pensei: puta, a guria vai ficar com o cara, ferrou! Eu não estava mais juntando lé com cré a essa hora, então fui embora e não fiz nada para impedi-la de jogar seu casamento no lixo.

No dia seguinte, liguei e ela me contou que tinha chegado super tarde, encontrou o marido dormindo, então ficou trocando mensagens com o Felipe no celular. Quando foi ao banheiro, o marido acordou, pegou o celular dela e o Felipe tinha mandado um monte de coisa. Nudes, inclusive.

Ela disse que tinha dado carona para ele pra casa e que não chegaram nem perto de transar, mas que a conversa no celular foi suficiente para incriminá-la, isso foi.

Se não fosse essa confusão, teria sido só uma noite divertida, mágica até.

Depois a mãe dela me ligou para saber o que tinha acontecido.

— Minha amiga estava feliz, como eu não via há tempos. Ela me buscou triste em casa e depois estava radiante. Foi isso que aconteceu — expliquei pra Renata.

Como que eu ia falar: pare de beber, pare de conversar com o cara?! Eu não.

O ocorrido, por mim mesma

A sensação de ter matado uma pessoa e de ser impossível voltar no tempo para não aniquilar aquela vida me acompanharia por alguns meses.

Naquele sábado, fui ao Lola bem despretensiosamente com a Gabi, eu nem conhecia o Lola ainda. Resolvemos tomar vinho rosé, coisa que eu nunca fazia. Me deu vontade de fazer coisas diferentes, porque era uma noite diferente. Tinha algo no ar.

Levei um susto de ver um bar assim, todo cheio, animado e com uma galera progressista.

Quando terminei de tomar a primeira garrafa de vinho, eu quis circular. Virei pra minha amiga e falei: vamos ficar de pé, dar uma volta ali fora.

Em pé, você se aproxima de muita gente, é diferente de estar numa mesa, sentada. Parece que fica mais fácil interagir com os outros. Dois caras vieram conversar comigo. Um deles, o Jorge, eu acho bem interessante — mas casado, como eu até então — e o outro, o Felipe, não me atraía fisicamente, mas tinha um papo ótimo. Quando a Luara, amiga da Gabi, chegou com mais uma garrafa de vinho, pensei: por que não? A noite é uma criança.

Eu não sabia que o Lola tinha o tal do Bailinho, um momento em que as portas se fecham, os *de casa* entram e todo mundo dança. Eu estava adorando, era tanta novidade pra mim!

Resumindo: dei carona pro Felipe e nos beijamos no carro. A última vez que beijei outro cara foi antes do casamento, há mais de vinte anos. Foi estranho, foi bom, aquele frisson de querer uma intimidade, mas essa intimidade ser proibida. Acho que nos beijamos no bar mesmo, mas não tenho certeza disso, eu estava bêbada.

Quando cheguei em casa tinha mil mensagens no celular e seguimos conversando. O Beto dormia no quarto. Como eu estava eufórica ainda, me joguei no sofá da sala e fiquei de papo.

O dia já estava clareando quando fui pra cama, o Beto do meu lado. Nunca deixo o som de mensagens ativado, mas naquela noite deixei. É impressionante como são esses pequenos detalhes que definem (e ferram) o rumo da nossa vida.

Era tanto apito de mensagem que o Beto acordou.

— Pra quem você tá mandando mensagem a essa hora da manhã? Bem na hora que eu tô acordando, Estela!

Ele estava mal-humorado.

Arrancou o celular da minha mão. Foi para o banheiro e se trancou. Lá dentro, ficou trocando mensagem com o Felipe, se passando por mim. Eu gritava Beto, sai daí, me devolve meu celular, você não tem o direito de fazer isso. O Felipe mandou uns nudes e ele ficou possesso. Saiu do quarto me xingando, me deu uns empurrões. Disso não tenho certeza porque estava muito bêbada ainda.

Com a barulheira, nossa filha acordou.

— Acabou, acabou — gritava ele com voz de tenor. — Vou embora, embora, chega de ser palhaço nesta casa.

Fiquei só olhando, de braços cruzados, com vergonha de ter nascido.

O dia e os meses seguintes, o desamor

Ele telefonou para nossas mães, pediu para que viessem à nossa casa, contou sua versão e mostrou a conversa no celular. Virei ré. Me senti tão desprotegida que fiquei só observando aquela situação. Inerte, sem abrir a boca.

Parecia cena de teatro do absurdo: antes das sete da manhã, de um domingo horroroso, ele contando a história toda pra elas, mostrando o pau do Felipe no meu celular e eu, cabisbaixa, pensando *não sei o que dizer, meus amores.* Foi uma cena tão inesperada e descolada de tudo que construímos até aquele instante que ninguém sabia o que falar, pra onde olhar ou onde botar as mãos.

Antes que sua adrenalina baixasse, ele foi pra sacada, tirou a aliança do dedo, olhou bem nos meus olhos e a jogou bem longe, me parecendo ter murmurado *vagabunda.*

Então, saiu pela porta e desceu pela escada mesmo pois não suportaria esperar o elevador. A aliança caiu em queda livre, treze andares, quicou na calçada, voou em direção às árvores e sumiu.

Ele saiu significa dizer que ele se desobrigou de dormir em casa. Passou a dormir no escritório, em frente à sorveteria. Ele saiu da minha cama, porque, de casa, já havia saído há muito tempo.

Curioso que não levou um casaco ou uma calça jeans. Deixou tudo intacto, porque já tinha outro guarda-roupa no escritório, passava muito mais tempo lá do que em casa.

Nunca mais fomos um casal.

Eu tinha traído, tinha beijado outro cara. Do jeito que ele falava não restava dúvida: fui eu quem estragou tudo. Por mais que eu não achasse justo, nem concordasse com isso, era a narrativa dele. A narrativa de um homem branco de quase cinquenta anos.

Então ele passou exatamente um mês sem falar direito comigo.

Aquilo me doía. Eu seguia mandando mensagem de madrugada, e de dia também, com a voz chorosa. Aparecia na sorveteira e pedia para ele dar uma volta comigo porque queria conversar, mandava fotos fofas de nós três. Essa homeopatia ultra diluída funcionou. À conta-gotas ele foi cedendo. Um dedo de cada vez, eu louca pra puxar o braço todo.

Em batalha, não existem mais do que dois métodos de ataque: o direto e o indireto; mas esses dois combinados produzem uma série interminável de manobras, escreve Sun Tzu, em *A Arte da Guerra.* Estamos numa guerra fria. Eu avanço, ele retrocede. Ajo por instinto e teimosia; ele parece sempre seguir um roteiro, um planejamento rígido.

Eventualmente ganho uma batalha, em seguida ele recua, e eu volto muitas casas nesse tabuleiro. Será que é possível só um ganhar? Não dá pra eu ganhar, nós voltarmos e ele ficar feliz com isso? Será que não tem como, me pergunto e pergunto a ele, o que lhe irrita, sempre que posso.

Desabafo

Como eu me sentia? Confusa, muito confusa, sem chão. Mesmo sem nenhum indício de volta para me apegar e cultivar uma esperança real, decidi que não contaria sobre a briga para ninguém, ou melhor, falaria apenas para o mínimo de pessoas e somente quando fosse impossível evitar. Eu queria voltar no tempo, passar uma borracha em tudo. Quanto menos gente soubesse, seria mais fácil reatarmos e agirmos como se *nada* tivesse acontecido. O problema é que *tudo* tinha acontecido e eu não conseguia pensar em nada além desse buraco dentro de mim.

As únicas pessoas que sabiam eram a Gabi e o marido, que estavam comigo na noite do Lola, nossas mães e nossos irmãos, e as crianças e os adolescentes, que sabiam só uma parte. No trabalho, segurei minha língua. Falei com minha psicanalista e, bem, eu precisava de segundas opiniões, então decidi contar ao menos pra uma amiga ou outra, as de fé, as que eu sabia que jamais comentariam com ninguém.

Eu tremia quando contei a história para a Lana, num café perto da escola de nossas filhas, cheio de plantas, pratos de argila e pessoas que não conhecemos. Odeio conversar sobre intimidades em lugar cheio de gente para ficar dando oi. Bem melhor se esconder atrás de begônias e bananeiras que custam meio salário-mínimo. O que me aconteceu era grave e eu precisava falar ao vivo, eu nem saberia falar por mensagem.

Ela quase se afogou com seu gin tônica quando terminei a história.

— Peraí, amiga, você beijou outro cara na noite, ficou de papinho no celular e deixou o celular dando mole pro Beto vasculhar? — resumiu a jornalista. — Não estou acreditando!

— *Ex*atamente isso. E estou péssima agora. Bati o carro duas vezes na garagem hoje e atropelei uma ciclista, ou seja, minha vida está de ponta-cabeça.

— Isso explica essa cara de zumbi.

Lana, muito prática, quis saber da mulher, provavelmente com advogados, psicólogas e outros profissionais do caos em mente. Virginianos são assim, não importa o que a gente fale, eles encaram como uma missão a ser dimensionada, analisada e resolvida, com muito planejamento e zero envolvimento emocional. Como conseguem? Talvez seja por isso que eu conto, pra tentar ver de fora meus problemas e tentar acreditar numa possível solução.

— Como assim, ela está bem? — perguntou ela, já levantando o braço para pedir mais um drink pois ficou perturbada com as novidades.

— Não, está mal, quebrou a perna. Pior que tive que ligar para o Beto me ajudar a encaminhar a mulher para o hospital!

— Hã? Espera aí. Moça, me vê mais um, por favor? — Tá, Estela, me conta direito essa história.

— Sim, foi ele quem levou a mulher para o hospital. Ela trabalha naquele mercado da av. Rocha Pombo, que já foi Mercadorama, Extra e agora é Nacional, sabe? Ela cresceu no bairro, como eu, e certamente sabia.

— Lógico! E... como é o nome da mulher, o que vai acontecer com ela? Coitada, pagou o pato do teu casamento ruim.

— Sei lá o nome dela, Jurema, Jucélia, Groselha, alguma coisa assim. Ela vai ficar duas semanas de atestado, paguei o conserto da bicicleta, falei com a família, pedi um milhão de desculpas. Nem sei o que te dizer, morro de vergonha, só te conto porque preciso falar com alguém sobre isso, desabafei.

— Caraca. Devia ser proibido dirigir quando se passa por um colapso matrimonial— disse a espertinha.

— Então você também não ia poder dirigir quase nunca — sentenciei.

— É verdade, você sempre tem razão. Mesmo quando faz merda. Mas você está bem? — perguntou, enfim.

— O que você acha? Não, né, mas sei lá, mais cedo mais tarde isso ia acontecer!

— Verdade, concordou ela.

Terminei meu chá-mate e fui pra faculdade enquanto ela buscava a pé a filha menor na escola, a cabeça fervilhando, desacreditando no que eu tinha feito. Ela adora o Beto, mas como toda amiga minha, entende o quanto eu estava infeliz e os motivos que me levaram a fazer o que fiz.

Estou mesmo fora do eixo. Coitada da ciclista do mercado, coitado de quem cruzar comigo essa semana, eu não estou bem. Nem sei se vou ficar bem algum dia.

Espera torturante

Eu queria entender, mas como não podia sair contando pra um monte de gente, além da terapia, mergulhei em livros sobre o assunto.

Divórcio, do Ricardo Lísias, foi um desses. Me irritei muito com a forma que ele expôs a ex e também achei muito exagerado seu sofrimento. Ainda que, segundo o autor, as anotações no diário da ex o tenham humilhado profundamente. Era só não ter lido (eu teria lido também).

Logo depois do divórcio, um dos meus maiores problemas foi o ar. Na rua, respirava fundo e o fôlego não atravessava a garganta. Achei que, caminhando rapidamente, meu tórax se comprimiria um pouco. Fiz força, mas não deu certo.

Sofri à minha maneira, com mais discrição e menos drama, mas é óbvio que eu estava em sofrimento.

Nos primeiros tempos minha filha me olhava pesado como quem julga um criminoso e eu implorava para ele voltar para casa. Eu queria um regresso à normalidade, ser casada de novo, ter alguém que me chamasse para dormir no quarto (e não na frente da televisão), que cozinhasse e me dissesse para reunir as amigas para almoçar nos finais de semana. Meu casamento tinha muitas coisas legais. Sempre vi como muito positivo o fato da minha mãe e dos meus irmãos amarem ele e se darem melhor com ele do que comigo. É como se ele desse conta das relações tensas pra mim, fosse o diplomata do casal. Ao menos ele sempre me fez me sentir assim, bem assessorada na vida social familiar. Morro de preguiça e também não sou boa nisso, parece que sempre vamos brigar. Se não hoje, amanhã. Assim tem sido minha vida toda. O Beto coloca todos eles no bolso com a maior elegância, é impressionante.

Nunca convivi com meu pai biológico. Ele e minha mãe se separaram quando eu era bem pequena. Foi o Beto que buscou se aproximar do meu pai, é um fã incondicional do cara que ele descreve como uma pessoa aparentemente tão simples, mas no fundo tão complexa.

— O Mauro é nada e é tudo ao mesmo tempo — costuma explicar, com lágrimas nos olhos.

Então, por Beto ser assim tão entrosado na minha vida, eu sentia falta real. E vivia implorando para ele voltar. Me humilhava, chorava. A gente tinha um combinado de conversar toda segunda-feira. Quando começamos a nos dar melhor, passamos a sair, tomar cerveja e encontrar amigos nas sextas-feiras também. Ele permanecia muito comedido.

Como, em tese, ninguém de fora da família sabia, era comum sairmos com amigos e fingirmos que nada estava acontecendo. Nesses dias eu aproveitava para ficar super romântica, carinhosa. No final da noite chamava ele para dormir em casa. Ele sempre reclamou que precisava de mais sexo do que eu estava disposta a fazer. Nessa fase, meu deus, como me esforcei.

Não sei se por charme ou persistência, aos poucos ele foi cedendo. De vez em quando dormia lá em casa na sexta.

No sábado eu ficava tentando prender ele em casa. Pedia previsão de data para reatarmos de vez. Ele me enrolava, quando estava mais doce, dizia que uma hora me perdoaria, mas que esse dia ainda estava um pouco longe. Outras vezes falava *jamais*. Ele nunca me deu uma data. Um dia, teve a cara de pau de falar assim:

— Se eu dormir aqui na sexta e no sábado, domingo já não tenho mais escolha.

Esse tipo de coisa me irrita demais. Eu choro, dou chilique, fico com a cara toda inchada. Gosto de briga com drama e perdão. Reconciliação, com ou sem sexo. Mas ele não me dava mais trela. Me deixava no vácuo:

— Vou cuidar da minha vida, da minha empresa, do meu trabalho. Você sempre me cobrou um projeto de vida, agora que eu tenho, fica me enchendo o saco.

E eu ficava naquele vazio, sem conseguir comer, me mexer. Chegou um momento em que nem lágrima eu produzia mais. Sequei.

Perto do Natal, ele estava mais receptivo. Respondia às mensagens sem ser lacônico, sem pontos finais, voltou a usar emojis. Tivemos alguns momentos gostosos, cheguei a pensar que eram de amor.

O primeiro fim de ano na nova condição

Como nossas famílias são amigas e moramos todos no mesmo condomínio, passamos o Natal juntos, no apartamento da mãe dele. Durante o jantar, do outro lado da mesa, Beto fez um coração tímido com a mão. Ele nem sabe como aquilo me alegrou. Também me deu uns óculos de sol de presente. "Pra eu ver o mundo com outro filtro" dizia o cartão e não consegui entender se havia ironia nisso.

Então a virada do ano estava ali. A primeira em décadas que estávamos separados. Ele resistiu bastante, mas topou passar o ano novo comigo, na Ilha do Mel. Ninguém fica em Curitiba no réveillon, repeti mais de mil vezes pra ele. Disse que ia, mas por causa da nossa filha, que ficasse bem claro.

O que esperar de um ano sem ele? Guardei no meu coração, como um talismã, os sorrisos, os gestos de afeto e seus olhares curiosos da noite de Natal. Estou mudada, o maldito sofrimento me fez perder alguns quilos e as pessoas têm me elogiado muito. Estou magra e nos raros momentos que fico feliz é como se eu flanasse por aí. Ele saca isso. Tenho lua em leão e fico exibida e vaidosa quando percebo essas dinâmicas.

Ele topou ir pra Ilha, mas sempre deixando bem claro que isso não significava nada, que não era para eu me iludir.

A última noite do ano foi linda. Depois da ceia com minha mãe, meus irmãos e a criançada, nós dois subimos o farol depois da meia-noite. A lua estava cheia e as pequenas ondas da Praia das Paralelas, que leva este nome porque o mar se comporta como se tivesse sido desenhado por um arquiteto com um compasso que fizesse todas as ondas do mesmo tamanho, com intervalos idênticos entre uma e outra, brilhavam numa cor que ia do ouro à prata. Conversamos bastante, rimos na subida, sentamos lá no alto, tomamos mais quatro cervejas que levamos numa sacolinha térmica, ficamos bêbados e transamos. Sexo bom, tudo bom. Não lembro de uma virada de ano tão romântica em toda minha vida.

No dia seguinte, o primeiro de 2022, estávamos na praia, de ressaca, tomando uma cerveja. Aproveitei esse intervalo na dureza, no deserto que se tornara nossa relação, pra bater na tecla da vez. Eu não podia desperdiçar uma oportunidade dessas, a gente alegre, com os pés fincados na areia, levemente alcoolizados da noite anterior ainda e cheios de hormônios na corrente sanguínea. Era como se houvesse essa dobra no tempo e, se tudo desse certo, a gente voltava uns meses na nossa história e nada de ruim poderia nos separar, nunca mais.

— Beto, como ficaremos agora? Você precisa voltar pra casa! — falei, mesmo sem ter certeza de que era isso que eu queria.

— Olha, tá difícil pra mim, aquelas mensagens no teu celular ainda me perseguem. Não tenho paz — me respondeu, com o olhar sincero e triste.

Insisti, falei com uma voz fofa. Poxa Beto, você não se importa com tudo que construímos? Nós éramos uma família, ainda somos, precisamos voltar a ser. A gente é fraco junto, você não vê isso? — Nessa hora meus olhos se encheram de lágrimas — Não vou esperar pra sempre, você sabe.

Ele me abraçou, meio sem jeito, como quem não quer abraçar. Senti no seu corpo uma rigidez, um afastamento.

— Não fique assim. Pense bem, nós temos tanta coisa juntos, tanta história, tanta vida, tanta Luísa (nossa filha), que o pior que pode nos acontecer é cada um ganhar um melhor amigo pra sempre.

Não era isso que eu queria ouvir.

O detector de metais

Faz meio ano que ele jogou sua aliança no bosque de araucárias do condomínio. Ainda estamos meio juntos, meio separados. Ele foi morar no escritório e dorme aqui de vez em quando. Ainda só pensa no trabalho. E eu, bem, estou descobrindo o prazer de sair com outros caras, mas sigo lutando para reatar o casamento.

Como o Beto é um cara meio místico, que gosta de cristais, energias e tal, encasquetei que se eu encontrasse a porcaria do anel, ele poderia encarar isso como simbólico e voltar para casa. Tenho atirado para todo lado acendendo vela para todos os santos (e orixás).

Faz três dias que tem um maluco com detector de metais aqui no prédio. Minha sobrinha Bebel, de dez anos, achou o cara no YouTube, trocou mensagens e não é que ele veio? Não quer nada em troca. Não achou a aliança ainda, mas segue lá, animado. Nem sei o que pensar. Na sua pochete de couro, carrega seus *encontrados*, uma versão pobre dos recebidos dos influenciadores.

Ali tem:

Tampinha de lata

Chave quebrada

Moeda velha

Bijuteria enferrujada

Porca sem parafuso

Prego torto

Aro de bicicleta

e mais um monte de tranqueiras.

Fiquei com pena quando me olhou feliz e mostrou uma pastilha azul turquesa. Olha que linda, vou usar nos meus artesanatos. O sentimento de pena deve ser contagioso porque, quando nos despedimos, ele me lançou exatamente o mesmo olhar em resposta.

Era maio e eu ainda estava triste.

Parte 3

O corpo dócil

Toda vez que leio sobre corpos dóceis, a partir de Foucault, penso que não sou um corpo dócil.

Sabe aquela criança boazinha, que também é a que tira as melhores notas, que melhor sabe aprender e se comportar? Meu oposto. Odeio normas e sei ser bem provocadora, por gana ou por gosto. Numa discussão, desconheço a hora de parar. Já mudei muito, ando bem calma hoje em dia, mas minto se disser que não pago para ver até onde as pessoas vão.

A pessoa controlada — quem eu não sou —, bem treinada para a sociedade capitalista, segue alguns pressupostos: ela aperfeiçoa seu corpo ao mesmo tempo que enuvia suas críticas. Cuida da sua aparência — peso, músculos, pele, cabelo — e não questiona, obedece. Naomi Watts vai além nesse cenário: diz que mulheres que não comem para não engordar, que nunca se sentem suficientemente bonitas e que controlam sua aparência são pessoas fracas, incapazes de reagir, de ter gerência sobre sua vida.

Nunca fiz nenhum esforço para trabalhar meu corpo, tampouco segui rotinas de dietas ou skincare. Tenho aversão a padrões. A gente não se dá conta de como nosso sistema de educação nos condiciona a lugares de resignação: seja a família, a escola, a faculdade ou depois, o escritório. Somos treinados para obedecer, baixar a cabeça e produzir algum valor. Quando tudo dá errado, somos párias e nos encaminham para o hospital, o hospício, a cadeia ou a igreja. É o que dizia Foucault.

Ser a pessoa que não concorda, que quer entender o porquê das situações nem sempre é fácil. Principalmente na interação com corpos dóceis, ou seja, a maioria das pessoas.

Me dei conta de que precisamos voltar mais uns anos na minha história para estas páginas todas fazerem algum sentido.

A psicóloga falcatrua

O ano era 2008 e a gente brigava pra cacete. Ela era a bola da vez, todo mundo com quem eu andava queria ser seu paciente. Dava um puta status dizer que estava fazendo terapia com a dra. Fulana de Tal. Como sempre fui considerada uma encrenqueira de plantão, um osso duro de roer, achei que finalmente poderia ter encontrado um caminho para azeitar minhas relações com os outros. Já estava casada há quase dez anos e lá em casa brigas temperavam o café, o almoço e o jantar.

Logo na primeira sessão, saí embasbacada. A mulher me cortou em mil pedacinhos e jogou para o alto, como naqueles sorteios de cartas de programas de auditório da minha infância. Não me impressiono facilmente. Ela deu um show. Paguei os duzentos e cinquenta reais da consulta em dinheiro vivo, feliz por ter a oportunidade de conviver com uma pessoa tão fantástica. Chorei ao sair do consultório, chorei dirigindo na volta e quando entrei em casa, ainda fungando, o Beto, que assistia a um jogo do Coxa na tevê, logo percebeu que algo havia se deslocado em mim.

Foi uma semana introspectiva. Pouco falei, muito pensei e não via a hora de voltar para a terapia. Às amigas, não entregava o jogo, me limitava a dizer: A mulher é boa mesmo.

Estávamos otimistas, eu e o Beto. Ele ansiava por mudanças em algumas atitudes minhas, esperava que eu me tornasse menos questionadora e briguenta. Quero ver você fazer jus a teu nome, ser brilhante e encantadora como uma estrelinha, não esse meteoro que quer destruir tudo, dizia. Eu fingia que não, mas aquilo me ofendia em vários níveis. Nessas horas ele ria e eu ficava quieta, para atestar que estava me esforçando, que poderia melhorar, era capaz de domar meu temperamento rude.

Lá pela quinta sessão, observei um padrão. Eu chegava, ela me detonava, eu chorava, ela me elogiava um pouquinho, eu juntava meus caquinhos e saía mansa. Acreditava piamente que eu tinha algum valor (ela sempre dava um jeito de me passar esse recado) e que, apesar dos meus defeitos, todos eles superáveis, eu tinha conserto. Não demorou, comecei a ficar de saco cheio desse método. De mestre e guru, ela passou a me parecer uma fraude.

Para piorar, na oitava sessão, ela havia solicitado que o Beto fosse junto. Queria dar um passo a mais, me humilhar com plateia.

Sem comentar com ninguém, tramei meu plano sórdido. Eu estava no limite com aquela mulher.

Cheguei na terapia fingindo placidez, sorrindo como quem balança a bandeirinha branca da paz com a mão direita. Cumprimentei, paguei a ela mil reais adiantados pelo mês, agi normalmente e pus em prática meu roteiro elaborado na força do ódio. Fiz um breve relato da semana, com ênfase numa dificuldade que havia tido com a cunhada, irmã do Beto. Ele estava sentado a meu lado, alternando caras sensatas com torcidas de nariz, como as do momento em que fiz algumas críticas à sua irmã.

Sem qualquer cerimônia, a psicóloga começou sua cantilena. Você percebe o quanto é agressiva ao falar da cunhada? Nota que seu corpo inteiro se prepara para a guerra só por causa de um comentário? Será que o mundo inteiro está errado e só você é a detentora de toda a razão? Para que ir pra guerra se você pode apenas viver, Estela?

O pior era o Beto balançando a cabeça e concordando com ela, como um cachorrinho.

Respirei fundo, esperei ela acabar o discurso passivo agressivo e não perdoei:

— Ok, dona Fulana, já entendi que tua prática é essa, me destrói por quarenta minutos e depois levanta minha bola cinco minutos antes de eu ir embora. Será que dá pra gente encurtar esse processo hoje?

A mulher ficou tão puta que me jogou de volta todo dinheiro que eu tinha pagado ao chegar. Voou nota de cinquenta reais pela sala toda. A terapeuta ficou muito alterada, batia na mesa e dava socos no ar. Gritou, me xingou de palavrões que nunca vi sair da boca de uma mulher, coisa chula mesmo.

Foi catártico pra mim. Me abaixei, catei meu dinheiro e saí, de mãos dadas com o Beto. A mulher atrás da gente xingando. Achei que me atiraria um sapato, como acontece nos filmes. O salto atingindo minha nuca e eu caindo dura.

Felizmente não jogou nada. Entramos no carro e voltamos gargalhando para casa. Desmascarei a mulher!

— Você é foda, Estela!

Dormi com esse elogio, genuíno, que me valeu o trauma de ter participado daquela falcatrua por péssimos dois meses.

Quando me apaixonei

Eu tinha dezessete anos quando deixei de namorar playboyzinhos e passei a andar com uns metaleiros. Apesar de a minha mãe ser permissiva — ela nunca teve paciência ou vocação para nos criar — me sentia controlada. Aqueles garotos sim sabiam viver. Podiam fumar maconha em casa, dormir com as namoradas, seus pais não pareciam ser adeptos das chatices e regras habituais da minha casa e da casa das minhas amigas.

Um dos meus amigos, o Ricardo, tinha um irmão mais velho que era uma lenda. Todos falavam dele com admiração. Você tem que conhecer o Beto, diziam. Infelizmente o tal do Beto vivia namorando e não gostava muito de sair. O lance dele era outro: passava o dia enfiado com alguma menina enfurnado no quarto. Ele tinha cama de casal, televisão própria e telefone, eu não tinha nada disso na casa dos meus pais. Eu frequentava bastante a casa deles, mas nunca tinha visto o Beto cara a cara, ficava até com um frio na barriga só de pensar em esbarrar nele. Desde sempre o idealizei, afinal todo mundo endeusava o cara.

Um dia eu estava no ônibus Hugo Lange — o bairro onde ele morava, eu morava no Champagnat, do outro lado da cidade — e vi um carinha com o cabelo desgrenhado, castanho dourado e olhos bem verdes e profundos. Ele tinha um olhar blasé, daqueles que te olha na alma, mas que, no minuto seguinte, parece que nunca te viu. Na mesma hora, comentei com minha amiga Márcia, que estava comigo no busão: tenho certeza que esse é o tal do Beto. Eu precisava registrar aquela intuição. O cara batia com todas as descrições que tinham me passado dele e, bem, aquela era a linha que ia para casa do Ricardo, disso eu sabia. Achei-o lindo e misterioso, exatamente o tipo de problema que eu procurava. Dá para dizer que foi paixão à primeira vista, tê-lo visto mexeu comigo.

Ele era como o Coiote, personagem de um livro que eu tinha lido:

A gente se conheceu no colégio. Ele apareceu no segundo dia de aula completamente atrasado. Entrou de cabeça baixa e se sentou meio atrás, fiquei super curiosa para ver a cara dele. Me virei e ele tava me olhando. Aí vi que todo mundo tava olhando para ele, e parecia que ele olhava para todo mundo, e sem virar a cabeça. O professor parou nele também e ficou mudo. Essa situação foi um barato. (trecho de *Coiote*, de Roberto Freire, 1986, pág. 94)

Passado algum tempo conheci — finalmente — o Beto, na casa do Ricardo. Não ficamos amigos, ele não dava moral para ninguém. Só para a garota da vez, que ficava zanzando pela casa, enquanto a banda ensaiava no quartinho dos fundos da casa. As paredes do quartinho eram pichadas, havia cinzeiros cheios por todo lado, um inferninho, ou seja, um antro dos sonhos para a adolescente rebelde que eu fui. Eu e minhas amigas ficávamos lá, vendo eles tocarem, nos sentindo num filme de rock. Era o máximo.

Eu namorava um amigo deles que, décadas depois virou o maior reaça da história, que vergonha. Eram os anos 1990 e eu olhava para o Beto e pensava: ele é a encarnação do Coiote, não pode ser. O pior é que eu tinha me apaixonado pelo personagem do livro do Roberto Freire. Um tipo introspectivo, mas vanguardista e revolucionário. Alguém que parecia ter um mundo próprio muito interessante na cabeça.

Conscientemente eu não sabia, mas eu já estava 100% na dele. Como eu tinha namorado e ele também, eu nem fantasiava nada, muito menos agia, só admirava. Ficava meio sem jeito quando ele estava por perto. Anos depois, eu estava solteira e, às vezes, saia com os amigos do Beto. Lembro de uma sexta-feira de junho, gelada, de estar bem chateada por ter brigado com a minha irmã, e passar na casa dele. A Ju, sua irmã mais nova, tinha virado minha amiga também e me chamou para papear com ela e com a mãe, que estava comemorando a superação de um problema de saúde.

Estávamos no sofá, eu e a Ju tomando vinho e comendo pinhão, quando sai o Beto do quarto dele, lindo, todo arrumado. Ele ia buscar a namorada para jantar. Me deu um beijo de oi, fez uma gracinha qualquer e ainda lembro do perfume que ele estava usando. Na hora, lamentei não ter feito nada. Fazia tanto tempo que havia terminado com o bobo do amigo deles. Como eu tinha esquecido do Beto? Por que não investi nisso? Era tarde, ele estava firme com aquela menina, uma pena.

Vida que segue.

Vários anos mais tarde, convidei os três irmãos para minha formatura, afinal éramos amigos há muito tempo e formatura é pra isso: celebrar uma suposta vida nova repleta de possibilidades com os amigos com quem a gente vagabundeava até aquele momento.

Antes a vida fosse tão simples assim. Dos três, o Beto foi o único que compareceu, pois estava solteiro.

A partir desse reencontro, passamos a conversar com certa frequência. Um dia, nos encontramos no casamento da irmã mais velha de uma das meninas da nossa antiga turma e foi lá que aconteceu o primeiro beijo.

— Sempre quis ficar com você, Estela, mas você nunca me deu uma chance! — falou, emocionado com a nossa *ficada*.

Achei que era papo furado. Ele era demais para mim. Fomos longe nas horas. Viramos a noite conversando no carro e ouvindo Frank Sinatra, que, coincidentemente, morreu no dia seguinte. Mau presságio? Eu estava convencida que dali não sairia nada. Não criei nenhuma expectativa de um segundo encontro. Sou bem pé chão, sempre fui.

No dia seguinte, minha mãe entra no meu quarto e disse: o Beto no telefone. O celular ainda era inacessível, super caro. Ela ainda falou: Que estranho ele te ligar, será que aconteceu alguma coisa com o Ricardo?

A partir daí, todo dia ele me buscava em casa para fazer alguma coisa. Todo tipo de programa: vamos comigo buscar um documento que minha mãe pediu, vamos levar um envelope em um cliente, vamos fazer minha matrícula em tal curso. Eu achava engraçado como ele gostava de companhia no carro e ia junto em tudo.

Não me cobrava nada, nem me perguntava se eu ia sair à noite ou se eu ficava com alguém. A gente só se beijava na hora do tchau e eu, como típica aquariana, achava o máximo esse desapego. Só fui saber depois que esse desapego todo era milimetricamente calculado pelo Coiote.

Era gostoso, era leve e não havia um compromisso formal. A Lana lembra bem como eu estava feliz, do nada, nessa época. Chegou o feriado da Páscoa e fui para praia, com a Rochelle e a Lana, eu acho, como sempre fazia. Contei para ele onde estava e ele apareceu sem avisar. Aquela surpresa foi o que faltava para eu entender que era sério.

Achei demais a coragem dele, de ir sozinho para um ambiente tão meu, sabendo que eu estava com minhas amigas. A segurança dele me impressionou. Ele chegou de chinelo Rider, numa época em que só se usava Havaianas, e mesmo assim eu não liguei.

Eu estava de carro, mas pedi para uma amiga voltar dirigindo para mim, só para pegar carona com o Beto. Éramos tão bons companheiros sobre quatro rodas. Nessa viagem, vim acariciando seu braço enquanto ele dirigia. Ele me falou: assim você vai me deixar apaixonado. De minha parte, eu já estava completamente apaixonada, arrebatada. Nunca mais nos desgrudamos. Quer dizer, até o começo desse livro.

O olhar de Lana sobre o namoro de Estela e Beto

Faz tanto tempo que é difícil para eu lembrar com exatidão quando eles começaram a namorar. Eu sabia que andavam de estorinha, mas teve uma situação que foi um divisor de águas na vida da Estela. Estávamos no fim da faculdade e gostávamos de ir para a praia nos finais de semana. Nosso grupo de amigas era grande, a Estela sempre foi bem agregadora, mas o núcleo duro era eu, ela e a Rochelle. Nosso destino preferido era a Ilha do Mel. A Renata, mãe da Estela, também ia para lá e eu ficava impressionada ao ver como ela era popular. Todo mundo a conhecia.

A gente brincava que ela era "hors concours" na Ilha, possivelmente por ter, muito antes de nós, curtido sua própria juventude naquele pequeno paraíso do litoral paranaense. A Renata é alta, magrona, meio excêntrica, um tipo que não passa despercebida, principalmente para os homens. Ela tem um algo a mais, mesmo hoje em dia, com setenta e muitos anos.

Naquela época, a Renata estava realizando o sonho da casa própria na Ilha, um luxo, sejamos sinceros. Ela havia comprado uma casinha de madeira, bem simples, num lugar muito maravilhoso quase na frente da praia que a gente mais gostava, a Praia do Farol, também conhecida como Praia de Fora. Ela comprou a casa toda detonada, tinha muita coisa para reformar, então não tenho nem certeza se nós estávamos dormindo na casa ou numa pousada naquele feriado. É muito provável que ela estivesse lá e nós três não, e estivéssemos na Pousada Plâncton ou no Titico, onde sempre ficávamos.

A Rochelle andava enrolada com um cara do litoral, engraçadíssimo, que estava reformando a casinha de madeira. Ele era compulsivo, tudo que fazia não tinha limite. Se a Renata não mandasse parar, ele não parava. A Renata pediu para o cara cavar um buraco no quintal para fazer uma composteira. Pediu e saiu pra almoçar. Quando voltou, o cara tinha cavado um buraco tão grande que daria pra encaixar uma piscina ali.

Quando o Beto apareceu lá, sem avisar, foi estranho, mas foi legal. Ele era um peixe fora d'água, porque era todo branquinho, roqueiro, não tinha nada a ver com aquela atmosfera de surfe do lugar. Mas foi tão natural. Lembro de nós todos fazendo um almoço num fogão bem velho, todo enferrujado, naquela casinha. Era um estrogonofe e o Beto fez quase tudo. Ele é o tipo de pessoa que conquista qualquer um, não digo romanticamente, ele não é um cafajeste; é um cara divertido e gentil. Naquele final de semana, para mim, duas coisas ficaram bem claras: eu não precisaria mais ser a cozinheira da galera — era sempre eu que cozinhava quando a gente viajava — e a Estela tinha virado uma chave, estava namorando.

Em tempo, a Renata gostou muito da Estela começar a namorar porque ela achava a gente muito festeira, não tinha nenhum pudor em nos chamar de inúteis, principalmente quando matávamos aula ou estágio durante a semana para ficar tomando sol na piscina do condomínio dela, onde a Estela e a própria Renata ainda vivem, muitos anos depois.

O pedido de casamento

A gente namorava há dois anos quando decidimos morar juntos — um test drive — segundo o Beto.

— Comentei com sua tia e ela acha que é besteira, pois assim ele nunca vai querer casar de verdade— disse minha mãe quando lhe contei dos nossos planos.

Aquela coisa de sempre: quem quer casar é a mulher, o homem vai se sentir enforcado. Por que nos subestimam tanto? Minha mãe é tão moderna para tantas coisas, mas para outras parece que vive nos anos 1950.

O apartamento era minúsculo, mas tinha tudo o que eu queria: uma parede colorida, a cozinha aberta, uma rede, móveis de metal, quadros e muitas plantas. Era o cenário perfeito de uma vida que eu idealizava: casa de gente jovem, sem madeira escura, sem salas vazias e de pouco uso, tão comuns na casa dos nossos pais.

No meu coração, sentia que aquilo tinha um significado mais forte do que casar de verdade. Eu estava com vinte e cinco anos e minhas amigas nem namorado tinham. O fato de ele querer morar comigo, dormir e acordar na mesma cama todos os dias, cozinhar para mim, fazer tudo junto, era absurdamente maravilhoso, ele me amava. Curioso que nunca tive sonho de casar, ainda mais na igreja. Eu não queria casar por casar, estava realmente envolvida naquela relação com ele.

Toda manhã, ele saía cedo para trabalhar; às vezes, ensaiava com a banda de noite. Geralmente, no fim da tarde, estava em casa. Eu ia para meu trabalho mequetrefe, almoçávamos juntos e, à noite, eu fazia uma pós. Numa quarta-feira qualquer, ele me ligou e perguntou se eu chegaria na hora de sempre. Estranhei, mas pensei que estava armando alguma saída sozinho. Nessa época ainda nos regulávamos. Éramos aquele casal que achava que um tinha que *deixar* o outro fazer alguma coisa, típico das relações de vinte anos atrás. Hoje sabemos que uma relação boa não é movida pelo controle, que antes do nós existe o eu, mas foram anos de escuta e terapia para chegar nisso.

Cheguei em casa na hora prevista e, quando abri a porta, me deparei com milhares de pétalas de rosa no chão, fazendo um caminho até a mesa, lindamente posta, com taças de champanhe e comida empratada. Ele estava divino, vestido em seu estilo muito próprio: preto da cabeça aos pés, meio rocker, meio cigano romântico.

Temos muitas fotos desse dia. Nelas, eu pareço meio bêbada, estou sorrindo de olhos fechados em todas, feliz. Já ele mantém o semblante sério e um olhar sedutor. Sempre o achei performático, normal para alguém que tem banda e se apresenta. Nesse dia, ele desempenhou seu melhor papel, arrasou em todos os detalhes, é difícil eu pensar em uma situação da vida em que fui surpreendida com tanta felicidade.

No fim do jantar, ligou para minha mãe:

— Renata, quero casar com a tua filha!

— Rá! Minha irmã estava enganada. Preciso contar para ela! — ela respondeu.

Ela podia ter me parabenizado e falado coisas bonitas, não foi o caso.

No livro, o Coiote é o ser mais encantador do mundo. Ele é misterioso, sexy, lindo, esguio, musculoso e tem a capacidade de amar todas as pessoas, os animais e a natureza. Irresistível, é como se ele fosse uma evolução da espécie humana, um ser encantado e poderoso, ainda que doce e ingênuo.

Eu fantasiava o Beto assim, cheio de poderes e de amor pra dar. Os talentos dele, sua musicalidade e seu desejo por mim faziam do meu Coiote um ser transcendental. Talvez o enamoramento pleno seja isso, acreditar que a pessoa mais especial do mundo é sua, também te ama e que o milagre desse encontro é a força mais potente que há. Eu me sentia sortuda, amada e feliz quando disse sim.

A história do novo sobrenome

Com licença, Elena Ferrante, mas preciso pegar emprestado este título, porque ele explica exatamente quem sou e porque sou assim.

Quando me pediu em casamento, o Beto ligou para minha mãe e não para meu pai. O motivo é o seguinte: meus pais separaram-se quando eu tinha três anos. Dois anos mais tarde, ambos já estavam casados com outras pessoas. Quem me criou foi minha mãe mesmo, porém nossa relação sempre foi estranha, inclusive nos documentos de identidade.

Fui registrada apenas com o sobrenome do meu pai. Quando ela se casou de novo, trocou seu sobrenome para o do segundo marido, meu padrasto. Ela teve mais dois filhos e desta vez colocou os dois sobrenomes neles, o dela e o do pai deles. Eu tinha uns dez anos quando percebi que só eu tinha apenas um sobrenome, que ainda por cima era diferente do da minha mãe e dos meus irmãos. A essa altura, chamava meu padrasto de pai há tempos, mas em meus documentos ele não era meu pai, não tínhamos nenhum vínculo formal.

Com meus irmãos e minha mãe, a mesma coisa. É como se eu fosse uma goiabeira no meio do pinheiral. Isso me trouxe muitos problemas, que só me dei conta adulta. Eu sentia que não pertencia à família alguma.

Tive muito pouco contato com meu pai biológico, que é uma pessoa incrível, mas que — assim como dona Renata — construiu outra família. Eu não fazia questão de procurá-lo e aos poucos ele foi se desligando. A verdade é que cresci num ambiente com valores muito diferentes dos dele, então a gente não tinha muita afinidade.

Além dessa questão, existiam as tretas de ordem prática. No lugar de dinheiro, às vezes minha mãe me dava cheques do marido dela para trocar na rua — quem nasceu até os anos 1980 vai entender isso — mas eu simplesmente tinha muita dificuldade, pois não havia nenhuma familiaridade em nossos nomes. Mesmo quando o cheque era dela, seu nome no meu documento era o de casada com meu pai, absolutamente diferente do nome que ela assinava nos cheques, uma confusão danada. Eu acabava conseguindo porque sempre fui boa de conversa. Pudera, tive que resolver meus B. O.s sozinha desde sempre.

Não era bobagem aquele estranhamento que eu sentia, ter sobrenome em comum com os seus te traz identidade de família, não apenas como indivíduo. Eu tinha meu nome próprio, que me tornava particular, mas me faltava unidade.

Quando surgiu o papo de casar, meu futuro marido logo me perguntou:

— Você vai incorporar meu sobrenome, né?

Me veio tanta coisa na cabeça. Eu não tinha noção de como essa questão mexia comigo.

Primeiro pensei nas minhas convicções feministas, mesmo que inconscientes. Eu nem saberia nomear essas ideias naquela época. Isso é uma convenção patriarcal, que demonstra propriedade, só porque sou mulher levarei o nome dele comigo sendo que ele não levará o meu? Não fazia sentido.

Então me dei conta que, agregando o nome dele ao meu, eu teria um núcleo. Ele seria minha família agora, afinal de contas. Porém, esteticamente não gostei daquele nome composto: o meu, o do meu pai biológico, mais o dele. Fiquei constrangida de tirar o nome do meu pai, mas me apaixonei pelo novo nome, curto, com as duas iniciais iguais, e, agora vindo de uma família que eu poderia chamar de minha (e teria provas): Estela Esteves.

Lucy Stone, a sufragista do Século XIX que teve que lutar pelo direito de manter seu sobrenome, deve ter se revirado no caixão. Mas, na época, eu apenas segui meu coração e preenchi com sete letras, sendo uma só vogal (e) e três consoantes (s-t-v), o enorme vazio que trazia em meus documentos.

Concordo demais com a Susan Sontag quando ela diz em *Diários II*, que *"nunca se pode pedir a alguém que mude um sentimento"*.

E agora que a unidade acabou e eu nem sei exatamente como me sinto, o que faço?

Parte 4

Com mulher, pode

A irmã da Amanda, minha amiga, largou o marido por uma mulher. No começo foi estranho, ela se sentiu mal. Ele ficou triste. Os filhos não entenderam nada.

Os meses foram passando e a irmã da Amanda vivenciou todo tipo possível de sentimento. Em alguns dias parecia flutuar por ter se livrado de um casamento de quinze anos com um homem machista pra caramba que vivia arrumando motivo para brigar porque era ciumento. Em outros, mal saía do quarto, deprimida e melancólica.

Emagreceu vários quilos. Estou chegando à conclusão que casamento engorda porque toda mulher separada em quem esbarro diminui pelo menos um número no tamanho da calça.

Hoje a irmã da Amanda está bem, namorando sério com a arquiteta por quem largou o marido. Ele, que era tão ciumento e a deixava sobrecarregada com os filhos, namora uma garota legal, tem se revelado um ótimo pai e tornou-se um amigo querido da ex-mulher. Às vezes chora e diz que, por ele, não teriam se separado, mas sempre faz questão de ressaltar que está feliz com a vida atual.

Por que ele não vira as costas para a irmã da Amanda, mesmo tendo sido abandonado e trocado por outra pessoa? Porque com mulher, pode. Ser trocado por outra mulher não arranha a masculinidade de um homem. Ele não passa a ser menos viril por isso. Agora, experimente beijar outro enquanto está casada pra ver o que acontece.

Homens

Estávamos eu e Karen, num café perto de casa, tomando um expresso azedo e caro.

— Terminou, amiga — falei. Karen franziu o rosto.

— Como assim? — perguntou ela, parecendo indignada. — Não jogue fora um homem bom desses.

Derramei um pouco de café no vestido em tie dye branco e vermelho boho que eu tinha comprado de uma aluna da faculdade. Fiquei chocada. Um homem bom desses.

— Guria, ele não quer voltar. De jeito nenhum. Eu tô me esforçando, mas ele não cede.

Ela não sabia do que tinha rolado. Como muitas amigas que eu não vejo direto, Karen, que é artista e vive viajando, só tinha notado que eu passei a postar fotos de baladas e que nunca mais tinha encontrado nós dois juntos. Quando contei da noite no Lola e do que veio depois, ela entendeu a situação: um casamento de tantos anos, desfeito.

Karen pediu uma cerveja. Guria, eu não sabia de nada disso, vocês disfarçam bem nas redes sociais — falou ela, ironicamente.

Eu não podia beber, logo mais tinha que dar aula. Pedi um café passado, que se mostrou tão ruim quanto o expresso.

— E agora, Estela? Quem é você sem o Beto? — me perguntou.

— Sou eu mesma, ué — era só o que me faltava, uma pergunta dessas.

— Amiga, a vida das solteiras não tá fácil — me advertiu sem que eu lhe pedisse conselho nenhum.

Ela está separada há algum tempo e me contou uma história bizarra. Disse que no começo do ano tinha comentado, num post de um conhecido dos tempos que fazia yoga, que nada entendia de criptomoedas.

Muito rapidamente, o cara, um belo espécime masculino, recém-separado, lhe mandou uma mensagem privada: vamos tomar um café pra eu te explicar sobre criptomedas? Ela topou na hora. Ele foi muito gentil no café e de lá foram para a sua casa.

— Tô tomando antidepressivos e sexo não foi a primeira coisa que me veio à cabeça, mas acabou rolando. Ele se mostrou muito cuidadoso, carinhoso e gentil — contou ela com um sorriso no rosto, que logo virou tensão. — Me surpreendi. Achei que podia ser influência da paternidade, já que ele tem uma filha pequena. Não gozei, achei o sexo cuidadoso demais.

De início, sentiu que não era uma boa seguir com algo que já começou assim tão morno. Ele insistiu para se verem de novo e ela cedeu.

— Imaginei que teríamos uma noite mais quente e agitada. Que nada. Na cama, depois do sexo — não gozei de novo — ele disse o quanto me achava bonita por ser toda branquinha. Aquilo me deu nojo, achei meio racista de sua parte.

Nessa altura da história, meu estômago foi ficando embrulhado. Chamei o garçom e perguntei se não tinha uma kombucha. Ela seguiu com a história:

— Na terceira vez, confesso que o jantar que ele preparou estava muito bom. Na cama, o papo foi ainda mais brochante: falou que era cristão e que a maioria das séries disponíveis na televisão são propagandas satanistas. Como sou artista, aquilo me desceu muito mal. E mais uma vez, não gozei.

Teve uma quarta vez.

Socorro, pensei. Que mulher persistente. Parece eu no meu casamento. E agora, tentando voltar.

Apesar da atenção do cara, de levantar para cobri-la com uma mantinha durante a noite e sempre perguntar como Karen estava, o sexo foi ainda pior. Limpinho, higiênico, quase puro. Enfim, ela chegou à conclusão de que, por ela, esse romance tinha chegado ao fim.

Pelo visto, ele pensou o mesmo, pois no café da manhã decidiu pagá-la. Não com dinheiro, mas com uma aula sobre investimentos.

Mal lhe deu bom dia, começou a falar de criptomoedas.

— Fiquei chocada. Que péssimo. Como não demonstrou sua potência viril, ele tinha que assinar esse caso com uma prova de poder financeiro. Afirmou e reafirmou o quanto era rico e como sabia investir e multiplicar seu patrimônio, você acredita nisso?

— Dizem que Oscar Wilde meteu esta: Tudo no mundo é sobre sexo, exceto sexo. Sexo é sobre poder, amiga — comentei, rindo.

— Será que ele ficou bem consigo mesmo depois da aulinha de mercado financeiro? Eu fiquei péssima, e nesse tipo de cara não invisto mais minha ppk — concluiu minha amiga.

Homens, ai, que preguiça do que vem pela frente.

Lana está cansada

Minha amiga Lana é aquele tipo de pessoa que está sempre cansada. Ela bota a culpa na tireoide, nas filhas que demandam demais ou no marido que vive viajando.

Dizem que ser casada com um homem que viaja muito é assim: quando ele chega, você fica com a sensação de ter recebido um buquê enorme de rosas. É bom, mas você não sabe onde colocar na casa. E também precisa se cuidar com os espinhos, penso eu.

Ontem me escreveu contando que as filhas odeiam a psicóloga dela, porque toda terça-feira ela volta da terapia muito brava. Você só melhora o humor na quinta, quando a faxineira vem e fala um monte de bobagem, a mais velha lhe disse.

Minha mãe era igualzinha.

Acho que o problema da Lana não é a terapia, é ter mais ajuda em casa. Ou a faxineira trabalhar mais dias. Ou mudar radicalmente de vida.

Mudar não é fácil, eu que o diga. Será que um dia vou reencontrar minha rota, como um GPS que buga em uma região com pouco sinal e logo redesenha o melhor caminho a ser seguido dali pra frente?

Tenho certo receio que aconteça comigo o que Rachel Cusk descreve em *Trânsito*:

...quando as pessoas se libertavam, em geral, forçavam todas as outras a mudar também. Mas isso não significava necessariamente que permanecer livre era permanecer igual. Na verdade, a primeira coisa que as pessoas às vezes faziam com a sua liberdade era encontrar outra

versão daquilo que as aprisionava. Em outras palavras, não mudar as privava daquilo que elas haviam se esforçado tanto para conquistar.

O canalha

Ainda não conheci um homem que se equivalesse em canalhice ao ex-marido da minha amiga Maria. Maria é professora, trabalha comigo, tem quatro filhas e o pior ex-marido do mundo.

O cara é muito mau-caráter. Foram anos e anos de traição da parte dele até ela cansar e pedir o divórcio. Ele disse que ia pensar, mas seguiu em casa por mais de um ano. Não era nada conveniente para ele se separar porque as meninas ainda eram pequenas e acho que pensar em assumir uma parte da guarda lhe enchia de preguiça. Era cômodo (para ele) ir levando o casamento adiante.

João é um bam-bam-bam em uma empresa de tecnologia. Ela, professora de português, com um salário que não devia ser nem 10% do dele. Ela também se incumbia do trabalho invisível de cuidar das quatro meninas. E cuidava superbem, sou testemunha. João, assim que a mais nova nasceu, fez vasectomia. O casal era fértil e ele não quis arriscar ter mais filhos.

Na época do divórcio, Maria estava bem mal. Triste, sem chão, como fica a maioria das mulheres. Lembro de um sábado em que ela estava tão mal que me pediu um favor daqueles que não se pede com facilidade. Será que você poderia ficar com as meninas pra eu conversar com a advogada? — me perguntou, com desespero — Se não der, tudo bem!

Como minha filha era pequena e adorava as quatro meninas dela, encarnei a tia Estela, peguei a pirralhada e fomos para o shopping. Não sei como não perdi nenhuma naquela tarde.

Estávamos saindo do cinema quando vi uma cena que me encheu de raiva. O folgado do João passeando de mãos dadas com uma mulher. Não sei o que deu em mim, levei as crianças para o carro, deixei elas com um tablet vendo Peppa Pig e voltei na fila da pipoca. Cara, como assim, você aqui, namorando enquanto a Maria está em casa chorando e eu cuidando das tuas filhas, qual é a tua? Ele foi seco: some daqui e vai cuidar da tua vida, sua enxerida.

Depois de alguns meses eles se separaram de vez e ele foi morar na Europa, com aquela mesma guria do shopping. Como a Maria não tinha condições de bancar escola particular e tudo mais para as filhas, ele levou as meninas embora. Maria ficou mal, mas acho que estar sem as filhas tornou a vida mais fácil para ela, ainda que vazia.

Maria é tão gente boa que ficou amiga da atual do João, a Letícia. Ela cuida das minhas filhas, Estela, é estranho, mas é como se fosse minha irmã. Pois bem, agora vem a pior parte. Maria ficou amiga de Letícia, que um dia confessou a Maria que estava tentando engravidar há muito tempo, pois ela e João queriam ter um filho deles. Letícia contou dos hormônios, dos tratamentos e dos quilos a mais. Maria não mencionou a vasectomia, pois percebeu que Letícia não fazia a menor ideia.

Como um homem pode ser escroto a esse ponto? Deixar uma mulher se encher de hormônios e se fazer de louco? Esse ganhou o troféu, sem dúvidas.

Parte 5

Tum tum tum. Como é bom sentir o coração bater de novo. Coincidência ou não, me emprestaram este livro, da Annie Ernaux, *A paixão simples*, que me caiu com uma luva:

Desde setembro do ano passado, não fiz outra coisa além de esperar por um homem: que ele me telefonasse e viesse à minha casa. Eu ia ao mercado, ao cinema, levava a roupa para a lavanderia, corrigia trabalhos, lia, agia exatamente como antes, mas só conseguia seguir em frente porque estava muito acostumada a fazer isso tudo.

Quando parei de chorar e passei a olhar para o lado, com lentes novas e inéditas na minha vida de mulher adulta, me descobri viva.

A roupa de casada e a roupa de solteira

Sempre usei as roupas para criar uma persona criativa, desapegada das normas e livre dos clichês de gênero. Isso significava vestir peças soltas, por vezes disformes, mas que tivessem um conceito, um toque original e, de preferência, porque sou aquariana, baby, levemente esquisito.

Não é de se estranhar que eu, que achava a moda objetificadora e cheia de armadilhas para as mulheres, ao me separar, abri meu guarda-roupa e percebi com pesar o quanto ele era anti-sexy, anticrushs, repleto de talismãs contra a luxúria.

Nos últimos três anos, venho me dedicando a uma pesquisa de doutorado que fala, justamente, da moda como uma ferramenta de resistência, para além das ideias normativas que sempre nortearam essa discussão, que critica a moda que serve unicamente para encaixar as pessoas em padrões e principalmente a mulher no padrão de gostosa.

Muitos autores que estudo falam sobre discursos e produção de sentido. Para eles, a moda é um campo fértil, não só para comunicar desejos, vaidade ou luxo, mas também posicionamento, ativismo e transgressão.

Meu guarda-roupa é enorme, um verdadeiro acervo. Ali tem de tudo, menos roupa de piriguete, até porque piriguete não passa frio e eu sou superfriorenta.

Sempre tive bundão, peitão e cintura fina, o que automaticamente me colocava o rótulo de gostosa. Porém, aprendi cedo que uma mulher ou é bonita ou é inteligente, e me esforcei com afinco para estar no segundo grupo. Agora, sem nada para provar, e solta na pista, me vejo procurando tops, calças slim, vestidos retos e justos e passando frio com consciência.

Foucault não me julgaria; afinal de contas, poder é algo que se consegue de diferentes formas, inclusive por meio das curvas.

O primeiro

Gabriel é alto, meio ruivo e, se estiver sem seus óculos de sol, dá pra perceber um certo estrabismo. Ele tem minha idade, fomos colegas na faculdade. Na época éramos bem diferentes do que somos hoje: eu mais praiana e baladeira e ele mais magro e sem graça. A gente nem se falava na sala de aula. Éramos de mundos paralelos. Eu estudava Administração de Empresas na então faculdade Positivo, onde hoje funciona o colégio Marista Seminário, na Avenida Batel. Um prédio antigo de seminário do meio do século passado, com floresta atrás do estacionamento, cercado de bares. Eu gostava de lá, era perto do La Cruz, um bar de sinuca que fazia muito sucesso no final dos anos 1990 em Curitiba.

Nem lembro de ter aprendido nada naqueles anos, a faculdade era só um entreposto entre a casa e o bar. Quando vi aquela cara na mesa do aniversário do marido de uma amiga, bateu um *dejá-vu.*

— Lembra de mim, Estela? Faculdade, La Cruz, Administração. A gente era colega de curso — jogou na mesa, o ruivo.

— Com tanto detalhe assim, lembro, claro! Gabriel, né? Eu era meio baladeira, mas até que eu ia pra aula!

— Bota baladeira nisso — falou já com mais confiança, percebendo que eu mordi a isca e lembrava dele.

— Agora eu mudei — brinquei e dei uma gargalhada, entregando a mentira.

Foram muitas as vezes que levantei para buscar mais cerveja. Ele também. Algumas noites têm essa magia de nem percebermos o tempo passar. Estávamos num barzinho de rua sem garçom, que vive lotado dos amigos do meu ex-marido, meus e do Gabriel. Apesar de sermos de turmas diferentes, penso que chega uma hora em que as pessoas com mais ou menos a mesma idade e do mesmo meio social convergem para meia dúzia de botecos, como se entrássemos todos num funil e caíssemos no mesmo lugar. Só encontro essa explicação para estar hoje na mesa de bar de um carinha que andava com uma galera tão nada a ver com minha na época da faculdade.

Conversamos a noite toda. Ele é o típico executivo que fez uma carreira, não gosta do que faz, mas ganha bem demais para chutar o balde e mudar de vida perto dos 50 anos. Diferente de mim, que fiz outra faculdade, curso técnico, mestrado e hoje faço dois doutorados em uma área totalmente distante das pirâmides de Maslow; ele se formou em Administração, entrou como estagiário numa multinacional e nunca mais saiu. Morou em diversas cidades, casou-se com uma mulher que o apoiou no começo da carreira, teve uma filha, separou-se e hoje mora em São Paulo e tem uma vida sem desafios e sem família. É um solteirão rico e entediado.

Gabriel me encontrou no meio do furacão: cheia de trabalho, projetos e vivendo o turbilhão de me separar de um homem com quem fui casada por quase vinte e cinco anos. Tudo que falta de emoção e incerteza na rotina dele, eu tenho pra dar e vender. Mas, assim, um cara fora de forma, meio playboy, do tipo que usa boné e tênis, *nada nada nada* a ver comigo. Ou seja, eu não estava interessada nele, estávamos apenas conversando. Eu gostei do tom que ele usou pra dizer que era rico, falou com honestidade e a humildade de quem se fez trabalhando, sem qualquer arrogância. Talvez seu charme esteja exatamente aí: tem uma autoestima bem resolvida.

Ele é um cara que só anda com herdeiros ricos pra cacete, mas que não fizeram nada por merecer isso, por isso se sente satisfeito de ser quem é, uma realização de si mesmo. Ao menos foi essa a impressão (confiante) que me causou.

Quando me ofereceu carona de volta, aceitei sem qualquer segunda intenção. Ele falou: tua casa fica no caminho. E ficava mesmo. Não imaginava que ele sabia onde eu moro, fiquei levemente lisonjeada. Nossa amiga que estava na mesa devia ter comentado durante alguma ida minha ao banheiro.

Não sou muito ligada em carro, mas o dele era daquele tipo que não se vê estacionado na rua (mas estava). Grande, banco de couro, limpíssimo e sofisticado por dentro. Carro de homem organizado, sem criança, cachorro ou casa de praia para ficar carregando sacolas e tralhas. Carro cheiroso também. Gostei. Exatamente o oposto do meu. E do carro de todo mundo que eu conheço. Mais um ponto para o Gabriel, um cara normal, mas diferente nos detalhes.

Quando chegamos na frente do meu condomínio, pedi pra ele parar um pouco depois da portaria. Eu moro nesse mesmo prédio há algumas décadas. Todos os porteiros e zeladores me conhecem. Fiquei com vergonha de estar chegando de carona, àquela hora, com um cara que não era meu marido, num carro tão luxuoso. Me senti uma acompanhante.

Olhei pra ele, dei um sorrisinho de *então tá*, me aproximei para dar um beijo de tchau no rosto, mas ele me abraçou e me deu um beijo pra valer. O beijo era muito bom, tão bom que não nos desgrudamos por meia hora. Nisso a coisa foi esquentando. Era mão por baixo da saia, calça aberta, mão por dentro da calcinha. Eu, olha só que danadinha, com medo que o Tobias, da portaria, me visse, falei: Por que a gente não vai pra outro lugar? Eu, Estela, que nunca traí o Beto em vinte e quatro anos de casamento, que só beijei um cara numa noite muito louca, fiz essa proposta indecente para um ex-colega playboy surgido do nada. A separação faz cada coisa com nossa personalidade!

No motel, o sexo fluiu de tal jeito que sai de lá apaixonada. Não estou brincando. Fiquei num estado de graça que não consegui fazer nada que prestasse na semana que se seguiu.

Ele também gostou. Foi bom demais, não tem como ele não ter sentido o mesmo.

— Como você faz isso comigo, G.? — escrevi na segunda-feira.

— Tenho teu manual de instruções — respondeu. Tem mesmo, pensei.

Enamorada

Estar apaixonada é a melhor coisa que existe. A gente fica o dia inteiro com um sorriso na cara, lembrando dos momentos, ensaiando ligar pra pessoa, escrevendo mentalmente mensagens. Cada vez que o celular brilha, pode ser ele. Estar apaixonada também é uma merda, porque a vida para. A gente não presta mais atenção em nada que não seja o foco da nossa paixão. Mas o melhor de tudo mesmo foi desencanar do Beto. Pela primeira vez nos últimos meses, eu pensei: ah, quer saber, acho que não é uma boa mesmo a gente voltar. E isso é tirar um piano de cauda das minhas costas. Por uns dias não vou chorar nem me humilhar, não é maravilhoso?!

Gabriel vem a Curitiba quase toda semana desde que passou a trabalhar de forma remota. Ele tem uma filha da mesma idade da minha, que mora com a mãe e o padrasto. Diz que são todos amigos.

— Quando ela pediu a separação nós morávamos em cidades diferentes, ela tinha voltado pra cá porque passou num concurso, e eu estava entre o Rio de Janeiro e Santiago, no Chile. Desconfio que já estava apaixonada pelo Jonas. Fui muito compreensivo porque eu via que ela não estava feliz naquele formato de casamento. Tenho muito carinho pela Cláudia, ela foi muito companheira no começo da minha carreira, quando eu não tinha grana e precisava me empenhar muito —, me contou ele, no motel, lá pelo nosso quarto encontro, bem relaxado, cheio de endorfinas e de bem com a vida.

A verdade é que a vida é bem mais leve quando a gente goza. Tirando a ansiedade monstruosa e a vontade de ver o outro de novo, logo e pelado de preferência. Como eu ainda estava meio casada, tentando me acertar com o Beto, combinei com Gabriel que ele só poderia me mandar mensagem se eu mandasse alguma coisa antes. Minha terapeuta disse que fiz isso para ter o controle da situação. Talvez seja, na minha cabeça era mera precaução.

Desde sempre ele deixou bem claro que gosta da sua vida como ela está, sem compromisso. À medida que fui me apaixonando, fui achando isso uma merda, mas como tudo é novidade para mim, penso que tenho algum prazer nesse pequeno sofrimento. Ó, ele está indisponível, mas eu também estou. Por motivos diferentes: ele, porque quer; eu, porque sou casada.

Meu ex me vendia muito a ideia da estética como parte fundamental do desejo. Ele tem o corpo perfeito, é vegetariano, corre, cuida-se, está sempre impecável. Era o bonito do casal, o que chamava a atenção. Isso nunca me incomodou porque mesmo nas minhas fases mais desleixadas — eu não sou desleixada, só não gosto de fazer exercício e amo doce — ele sempre me elogiava e vivia atrás de mim, me falando bobagens, sempre querendo transar. Eu tinha a impressão de que, quanto mais gorda e quanto maior estivesse minha bunda, mais ele estava a fim.

Essa foi mais uma mudança de paradigma que o Gabriel me trouxe. Não é bonito, não é sarado, mas é muito gostoso transar com ele.

Fui me envolvendo, confesso. E meus planos de controlar a relação não saíram como planejei. Eu seguia tendo exclusividade para puxar papo, mas quem disse que ele me respondia quando eu mandava? As respostas foram rareando, se espaçando e meu interesse subia e descia. Me sentia numa montanha-russa.

Se parava para pensar nos bons momentos, nas melhores trepadas, eu não fazia nada além de pensar nele e olhar pro celular, 30 horas por dia, se desse. Quando percebia que as respostas eram raras e frias, lembrava que ele era de direita e que eu nem deveria confraternizar a carne com quem apoia aquele desgoverno e pensava que era hora da fila andar.

A fila andou

Gabriel não ligava, eu saía com amigas. Não era toda semana que ele vinha para Curitiba, então eu ficava naquela expectativa de algum encontro. Estava em busca de migalha, na verdade. Não desisti imediatamente, tivemos algumas DRs, eu adoro discussão. Ele sempre deixou muito claro que não queria se envolver. Teve "responsabilidade afetiva", segundo minha terapeuta. Ele tem suas qualidades, mas realmente não era pra mim.

Passei a reencontrar muita gente do passado. A Lana desenvolveu uma teoria para explicar como eu arranquei de zero a cem tão rápido. Ela acha que meu perfil é muito interessante para os homens adultos porque carrego comigo a aura da indisponibilidade. Eu sou casada, não posso me amarrar. Então os caras pensam: opa, bonita, divertida, tem a vida dela, já tem filho, ainda tá enrolada com o ex: é com essa mesma que eu quero sair!

Tem uma teoria psicanalítica que versa sobre ciúmes que explica bem esse fenômeno. Segundo Freud, há pessoas que só se interessam por pessoas comprometidas. Não porque não queiram se envolver, mas por gostar de rivalizar com o outro. Se eu tenho outro, mesmo que não esteja mais romanticamente ligada a ele, me torno alguém a ser disputada. Inconscientemente, sou vista como alguém que merece ser amada, cortejada, disputada.

Não demorou nada pra eu ter um *namorado* pra cada dia da semana. Não que eu saísse com todos, mas se eu quisesse, rolava. Como me tornei essa pessoa?

Agora você vai perceber que realmente valeu a pena comprar esse livro e descobrir este e outros segredos da vida de uma mulher que se separa depois dos 45 anos. Só que não, mas segue o fio porque é engraçado.

O segundo, figurinha repetida

Eu ainda estava a fim do Gabriel quando encontrei o Guilherme no aniversário de uma amiga. Ele deve ter percebido que eu estava solteira porque colou em mim a noite toda. Não nos víamos há mais de vinte anos.

— Onde você estava esse tempo todo? — foi a primeira pergunta que me fez.

— Casada, oras. Mas, sempre estive aqui, em Curitiba — respondi — e você? Achei que tivesse morrido! — brinquei, sem explicar a ele que três ex meus da adolescência morreram. Esse definitivamente não é o tipo de informação que eu compartilho por aí.

— Deve ser porque não tenho rede social — e continuou — mas estou vivinho da silva. Casada é? Ainda está ou se separou?

— Em processo de separação — e dei um sorrisinho maroto, ciente das propriedades afrodisíacas que essa afirmação causa nos homens.

Foi o que bastou para ele ficar no meu pé. E eu, bem, adorei. Minha autoestima não estava 100%, rejeitada pelo marido e pouco valorizada pelo Gabriel... eu adorei o Guilherme me lambendo daquele jeito. Ele era o cara com quem eu ficava antes de começar a namorar com o Beto e casar. Nunca tivemos nada sério.

— Eu era muito a fim de você, mas você não me dava abertura nenhuma —, confessou ele, querendo, a cada momento, passar um atestado mais convincente de seu interesse de longa data por mim.

— Quando me convidou para sua formatura e ficou comigo na frente da tua mãe e dos teus amigos, achei que ia ser sério — revelou ele, mil anos depois.

— Sério, como? — perguntei.

— Ah, sei lá, achei que a gente ia namorar. Mas você sumiu.

Eu nem lembrava disso.

Terminei a noite no apartamento dele. Guilherme não tinha aquele fogo todo do Gabriel, mas era bom ficar com ele. O sexo durava horas, ele fazia de tudo para me satisfazer. Era sobre mim. Gozei oito vezes na primeira noite.

Minto se disser que me apaixonei, mas gostei muito.

Assim, quando ele me mandou mensagem nas próximas semanas marcando encontros, eu sabia que ali não iria me magoar.

Nessa época minha relação com o Beto estava melhor. Eu estava mais feliz, menos tensa (mérito do Guilherme) e nossos cafés de segunda-feira para discutir assuntos técnicos da separação e da vida começavam a ficar mais agradáveis.

Geralmente eu saía com o Guilherme na quarta. Eu não estava escancarando, estava curtindo. Tecnicamente casada, considerando reatar o casamento inclusive. Pensava no Gabriel ainda, inclusive também.

O Guilherme era ótimo. Eu chegava na casa dele, ele me dava um longo abraço, me elogiava, a gente tirava os sapatos, parte da roupa, deitava na cama e conversava muito antes de transar. Desconfio que ele tenha feito algum curso de como proporcionar prazer a uma mulher porque ele realmente dominava técnicas que eu não sabia nem que existiam, com as mãos e a boca.

Isso foi meio inédito pra mim. O pau funcionava muito bem, mas é como se ele fizesse sexo com o corpo todo e com a cabeça, conversando. Ele hackeou o sexo, entendeu que nem tudo é sobre bater estaca com o pau.

O que eu sentia com o Guilherme é o que minhas amigas que decidem namorar mulheres falam, é um prazer de verdade, profundo, duradouro. Foi bom, foi ótimo, mas eu comecei a ficar noiada com uma situação: ele tem uma namorada. Não é casado, mas tem um compromisso. Diferente de mim, que sou casada, mas não tenho mais compromisso afetivo. Isso foi pegando, eu não queria estar nesse lugar de ser a outra, de fazer alguma mulher sofrer pela minha conduta.

Além disso, ele se apaixonou. Veio com declarações, propostas e até DRs. Me assustei. Era mais do que eu podia dar a ele naquele momento. Uma mulher casada no papel não pode assumir um relacionamento com outro cara. Perdi o interesse. Essa história só comprova que sexo não é tudo numa relação. O sexo podia ser maravilhoso, mas eu queria menos de um homem, ao menos naquele momento.

Fui franca com ele, que deve ter ficado chateado.

Harmonização facial, tarô & psicanálise — os algoritmos estão de sacanagem comigo

Logo que o Beto zarpou de casa, comecei a enumerar os procedimentos estéticos que queria fazer: bioestimulação de colágeno, botox, preenchimento e clareamento nos dentes. Ou seja: um boost completo, como dizem as adolescentes.

O mais curioso é que eu nem fico falando disso, só penso. Às vezes encontro a Rochelle, minha amiga da adolescência que trabalha com estética. Ela tem uma clínica na Avenida Batel e eu gosto de almoçar por ali. Eventualmente a gente marca um café e conversa. Ela sabe mil fofocas do Gabriel, adoro.

Com relação aos procedimentos, tudo custa tão caro — sempre a partir de dois mil reais — que não conseguia me decidir. Por mais que eu trabalhe, a cada dia me preocupo mais com as contas. Como vai ser quando a gente se separar de vez? Tô ferrada, financeiramente falando.

Toda vez que eu abria meu Instagram, depois que comecei a almoçar com a Rochelle e falar sobre tratamentos, me apareciam propagandas de harmonização facial.

Olhei tantos, mas tantos orçamentos que fui enjoando dos procedimentos, até que encontrei uma clínica escola que me enfia uns fios e levanta os olhos por setecentos pilas, e considerei o problema resolvido. É isso que farei nos próximos anos. Tenho pânico de cirurgia de verdade. De pagar por elas também.

Depois veio minha fase tarô. A cada três meses tenho tirado tarô com uma mulher indicada pelo fisioterapeuta da minha mãe. Online no começo, agora presencial, em Colombo, uma cidade da Região Metropolitana de Curitiba, a meia hora de casa. Ela acerta demais. Sempre me passa um resumão do que estou sentindo, do que meu ex está vivendo e o que esperar do gatinho da vez.

Pode parecer estranho ela me explicar o que sinto, mas a vida é assim mesmo. Quando a gente está atordoada, se separando, não consegue nem entender o que sente, o que pensa, o que quer. E a taróloga, Julia dos Búzios, é maravilhosa sim e ela sabe mais do que eu sobre mim em alguns dias, sim.

Justamente por achar a Julia muito boa que eu não sou permeável ao bombardeio de propaganda de tarô que passou a parecer no meu feed do Instagram. Sigo fiel. Ela é muito poderosa e tem um gato preto com bigodes brancos que parece uma pessoa. Eu chego lá, ele cola em mim. O Joel sabe identificar uma bruxa poderosa, me avisou. Gostei da ideia de ser uma bruxa poderosa, ainda que me sinta apenas uma humana bem fragilizada.

Vivo na corda bamba, entre a ciência e o misticismo. Eu meio que acredito em tudo porque preciso me apegar em algo pra seguir levantando da cama. Cruz credo, nunca tinha passado por isso, tem dias que são tão difíceis que eu penso que era melhor morrer logo de uma vez e terminar com esta agonia. Detalhe: não sou uma pessoa depressiva, zero. Separação é uma parada tão foda, que deixa a gente tão fora do prumo que não consigo ler um livro, ver um filme, série, nem pensar.

Eu só penso em homem. Ou no ex, ou nos atuais. Poxa, logo eu, uma feminista, nessa armadilha romântica? Fico indignada. E procuro nos livros, vídeos e perfis de psicanalistas possíveis explicações.

Tenho achado algumas ótimas. Outro dia li sobre a síndrome da mulher maravilha. É a mulher que dá conta de mil coisas — trabalho, família e confusões variadas. O grande lance é que ela realmente faz o que se propõe, então, para foder um pouco consigo mesma, busca relacionamentos com homens que são frios, que precisam de aulinha sobre a vida, que são emocionalmente limitados. Ou seja, a gente (me identifiquei 100%) fica remando contra a maré o tempo todo. Se me aparece um bonzinho, não consigo me envolver. O grau de complicação é um atrativo, é o combustível do meu desejo. Burrice? Não, síndrome de mulher maravilha.

Quando eu canso de alguma psicanalista, passo a seguir outras, porque afinal elas estão liderando minha lista de sugestões nessa nova fase.

Meu muso

Eu estava me desvencilhando do Guilherme quando o Alexandre apareceu com um corpo forte e uma carteirinha de doador de sangue frenética, carimbada religiosamente a cada dois meses.

Ele tem rede social (opa, bom de stalkear) e acaba que tudo que eu posto é pensando nele. Análise do discurso, semiótica. É a minha vida teórica e a amorosa fundindo-se na construção do feed e dos *stories* do meu Instagram. Se eu fosse uma agência de publicidade, ele poderia ser meu cliente exclusivo. Entendo que compor uma imagem para o outro e não para si não nos leva à felicidade, mas que me distrai bastante, é inegável.

Acho que estou apaixonada pelo Alexandre. Nos conhecemos no final de abril. Toda quinta encontro ele no mesmo bar. Dou aulas à noite, mas na quinta saio mais cedo. O bar é legal, nunca muito cheio, sempre com a mesma galera. Ele se destaca porque é misterioso. Eu nem olhava muito, achava estranho o fato de ele não parar de me olhar. Sempre sentado no mesmo lugar, com a mesma turma de amigos.

Um dia, descobriu meu perfil do Instagram com o dono do bar, que se parece com o Paulo Leminski, e me mandou um direct. O dono me contou que eles ficaram um tempão procurando meu perfil entre quem havia curtido o bar. Meu perfil não tem o meu nome e é fechado, então não é exatamente fácil me achar.

Fiquei lisonjeada com o contato. Passamos a conversar. Na quinta-feira seguinte à primeira investida dele, saímos juntos do bar. Fomos para seu apartamento. Que homem delicioso. Poxa, meu ex me acusava tanto de nunca querer transar, de ser fria. Acho que o problema não era eu. Não dormi lá, mas cheguei bem tarde em casa. O duro é que dou aula na sexta de manhã. E de noite.

À medida que nosso caso foi virando rotina, nem durmo mais direito. Ele mora no centro, num flat, todo arrumadinho, cheio de livros de psicanálise. Isso explica também meu interesse pelo assunto. É, estou apaixonada. E com algumas multas porque quando meu carro dorme de sexta para sábado na rua, se não saio cedo, levo multa de manhã. Bom mesmo é quando ele arruma uma vaga com algum vizinho pra mim na garagem. Me sinto adolescente (e feliz) com este tipo de problema (e solução).

Ele tem receio que o Beto o chame pra briga, sempre comenta. Acho muito improvável. Como talvez essa fantasia o apeteça, eu tranquilizo o rapaz sem, no entanto, matar esse bicho-papão por completo.

— E se a gente estiver no bar e ele chegar por trás, me atacando com uma garrafa de cerveja quebrada?, ele pergunta.

— Ele é um fisioterapeuta que faz sorvete, não um lutador de muay thai, relembro.

Stalkeando a ex dele

Alexandre terminou um namoro sério há menos de um ano. Ela é bailarina e coordena grupos de artesãs na periferia de Joinville. Cinco anos mais nova do que eu, escala montanhas, é chamada para rodas de conversas com outras mulheres influentes e tem um defeito: ainda é apaixonada por ele.

Não foi difícil procurar pistas na escassa postagem do Alexandre e descobrir quem a ex dele é, mas antes de explicar como cheguei até ela, preciso vomitar tudo de ruim que senti.

Me senti fútil, preguiçosa, perua, problemática e inútil.

— Acorda, amiga, ele não gosta dela, se gostasse ainda estava namorando e não tinha bloqueado no Instagram — me animou minha amiga Lana.

A Lana é engraçada e, na maioria das vezes, não me julga, se diverte com minhas histórias como se eu fosse o personagem de uma série.

Insisti que eles namoraram por quatro anos, que ele ainda não se recuperou e que por isso tenho ciúmes. Lana riu da minha cara.

Como eu a descobri? Procurei quem marcava ele no Instagram. Achei alguns perfis de mulheres. Analisei uma a uma. Achei a Mara, perfil aberto: concurso de dança, vaso de macramê, colar de miçanga, vídeo com poesia: só podia ser ela. Joguei seu nome completo no Youtube e achei de tudo um pouco, inclusive um TEDx no qual — pasmem — ela falava de seu grande amor companheiro, fruto de inspiração e confiança... Alexandre.

Lana tem razão: ele não gosta mais dela, se não, estaria com ela. Escrevo isso hoje, meses depois. Na hora só sentia ansiedade e autopiedade.

Sigo monitorando a Mara, por via das dúvidas. Ela é bem exibida, posta foto de biquíni, faz dancinha sensual e não sei onde arruma tempo para tantas publicações.

Às vezes me questiono se segui a carreira certa, professora de design, eu poderia trabalhar na ABIN ou na Polícia Federal e não ter que ficar me preocupando com quantas turmas a instituição que eu trabalho vai oferecer no próximo semestre.

O tamanho médio

Demorei anos pra entender algo que é crucial na minha vida hoje: um pinto médio é infinitamente melhor que um muito grande. Pobre homem do negócio grande, cresce se achando o cara, o imbatível, o melhor do mundo. Pode até causar inveja nos amigos, mas para algumas parceiras sobra medo, receio e precaução.

Coitado do homem bonito de pau grande. Ele ouve tanto, de todos os lados, reforços que dizem que ele é o cara, que o mundo é pra ele, que pode ter tudo que quiser, que equívoco. Não, senhor carinha de boneco com membro avantajado, não, não, não é assim que as coisas funcionam lá embaixo. Ao menos não comigo.

Freud perguntava: Afinal, o que querem as mulheres? Certamente não é um homem que acha que sua rola nos basta. Que ter um pauzão vai preencher todo nosso (e seu próprio) vazio existencial.

Depois que me separei e reencontrei — porque há muitos anos não transava com ninguém que não fosse meu legítimo marido — outras anatomias afirmo: não sou frígida, sequer entrei na perimenopausa e gosto muito de sexo. A ponto de pensar o dia inteiro nisso e testar posições que tinha medo de fazer com meu ex. Nada como um pinto que não assusta, que é confortável e anatômico. Principalmente porque ele costuma vir anexo a um homem com estas mesmas características.

Parte 6

Autenticidade assusta

O cara pode ser legal, desconstruído, entender as mulheres. Pode se esforçar para errar pouco em relação a questões de gênero, mas experimente ser você mesma, rir alto e falar o que pensa quando está com ele. Não é um nem dois, são vários. Todos se irritam.

Reparo nos maridos das amigas também. Eles ficam tensos ao lado de mulheres espontâneas ou seguras. Fazem de tudo para minar essa segurança, inclusive. Como diz a Karol Conka: *A espontaneidade é o look que a sociedade não gosta de ver as mulheres usando.*

Todo homem que é reconhecido pela inteligência, força, beleza ou capacidade de enriquecer — sim, este é fundamental nas sociedades ocidentais — tem isso: medo da mulher. Porque é ela que o conhece, está sempre a seu lado, e pode, justamente, expor algo a seu respeito que ele não goste.

Dizem que nós somos inseguras, que nos preocupamos demais com a aparência, que não queremos envelhecer nem engordar. Mas e eles? Por que temem tanto ser motivo de risada, análise, questionamento ou demonstrar sua fraqueza em algum aspecto?

De todos os filósofos que leio, tem um que se destaca, porque me ajuda a entender o medo masculino da nossa potência criativa.

Spinoza, uma vez, foi atacado por um judeu ortodoxo. Isso foi após ele ter sido expulso da igreja por afirmar que deus era a natureza. Que apenas a natureza era capaz de criar sem se constranger.

O filósofo português acreditava que existiam três gêneros de pessoas. O primeiro gênero seria o dos seres da consciência, ou das marcas, pessoas presas à opinião dos outros, às crendices, às regras. Em vários momentos a gente age assim, se preocupando com a opinião dos outros, com a imagem que as pessoas fazem da gente. É uma prisão.

O segundo tipo são os seres da razão: gente que estuda a natureza, a observa, e por meio dessa ciência toma atitudes e adquire uma visão de mundo um pouco mais liberta, pois leva em conta o que observa e não mais apenas o que lhe é dito e ensinado. É o típico caso de quem estuda ou aprende a fazer algo e se torna mais esperto. Hoje em dia eu vejo muita gente estudando o comportamento humano. Se a gente usar o conhecimento adquirido para lidar melhor com os outros e com as situações da nossa própria vida, já estamos na frente de quem não quer melhorar. Sempre tive preguiça de conviver com gente sem objetivos, que acha que tudo está bom como está e pronto. Os seres da razão ainda estão presos, mas ao menos possuem ferramentas para ir se libertando aos poucos de uma existência medíocre.

Por último vêm os seres da criação, aquelas pessoas que conhecem a natureza e investigam a si mesmas, alcançando, portanto, uma clareza em relação a seus atos que lhes permite criar o novo, não mais apenas reproduzir o que agrada os homens das marcas. Não é fantástico isso? Todos os grandes gênios da Humanidade estão nessa categoria, porque é preciso ter coragem e sabedoria para se sentir natureza e sair criando coisas novas sem se preocupar com a validação dos outros. É o oposto daquelas pessoas insuportáveis que não fazem nada e ficam só criticando quem faz, em especial quem faz coisas fora da curva, que ousam.

Na Holanda do século XVI, ele, um homem da natureza, que criava livremente, incomodava demais os homens das marcas, ou seja, aqueles seres que se preocupam demais com o que os outros pensam a seu respeito, aqueles cujas marcas deixadas pelo encontro com outros moldam sua vida.

Seria lindo nos tornarmos todos seres da criação, como se fossemos brincar de ser deus e de ser natureza, se não fosse um porém: a maioria dos seres da consciência ou das marcas não suporta quem é livre, quem é natureza. E tende a atacar, tentar eliminar.

Certo dia, um judeu enfiou uma faca no paletó do Spinoza e o furou todo; ele, então, fez questão de seguir usando o mesmo casaco todo dia, pra não esquecer do que o homem das marcas faz com o homem da natureza.

No casamento, quem costuma estudar a natureza, fazer terapia e conhecer a si mesma? A pista está no gênero da última palavra da pergunta anterior. E aí, numa relação marcas X natureza (o ser que menstrua) existe muita censura, silenciamento e violência simbólica. Por isso, uma vez solteira, quero namorar, transar, curtir, mas casar... acho que nunca mais!

Tenho pensando no que poderia ser meu *paletó de Spinoza*. É impressionante como usar uma camiseta escrito *Lute como uma garota*, por exemplo, já nos livra de um bocado de homens desagradáveis, mas ainda me faltam mais filtros explícitos.

Os medos masculinos e o inimigo possível, nós

A maioria dos homens tem verdadeiro pânico de que alguém ria da cara deles, ou os exponha. Eles ficam o tempo todo controlando sua imagem. Ainda que não admitam, preocupam-se demais com o que os outros pensam.

Em diversas situações na minha vida de casada passei pela angústia de testemunhar meu marido com medo tendo as piores reações possíveis. Não existe um tratado que diz que homens não podem sentir medo, mas eles agem como se assim fosse. Uma vez acuados, negam, ficam reativos e se descontrolam emocionalmente. Era o caso do Beto. Ele reagiu mal à maioria das mudanças pelas quais passamos. Quando aparecia um câncer na família, o cartão de crédito vinha muito alto no mês, havia a possibilidade de comprar ou vender algum imóvel, tudo isso o desestabilizava como se ele fosse uma criança de quatro anos.

Tentei conversar muitas vezes, odeio deixar quieto assuntos espinhosos. Eu queria muito que ele entendesse que o medo é um sentimento irracional e temos pouco controle sobre ele. Tratar mal quem está a seu lado não resolve o problema, cria outro, pelo contrário, afasta quem pode ajudar ou acolher, eu lhe dizia. O que se revelava contraproducente, porque ele ficava ainda mais bravo comigo, sempre comigo, porque com o resto da humanidade ele performava a gentileza em pessoa.

Tem homem que é briguento, que extrapola sua agressividade na rua, não era o caso do meu. Os bonzinhos também se irritam, mas o que eles fazem com sua agressividade?

Boa pergunta!

Eles brigam com quem podem. Há um quadrinho que explica o livro *Vigiar e Punir*, do Foucault, de maneira maravilhosa. Ele mostra um homem tomando uma bronca no trabalho. Esse mesmo homem chega em casa e xinga a mulher, que, por sua vez, briga com o filho, que, por fim, chuta o cachorro. A gente precisa de válvulas de escape.

Quando um homem é muito comedido em público, não se iluda, ele vai mostrar sua cara no privado com quem ele pode, e geralmente é com a esposa que ele pode ser rude. Dar respostas atravessadas, não escutar o que fala e, é claro, acusá-la de muitas coisas. A esposa, esse inimigo possível, é a vítima perfeita, pode apostar.

Até onde vai a paciência de uma mulher?

A feminilidade tóxica

A Mariana entra aqui em casa, me pede louça emprestada, rouba meus casacos, pede pra eu buscar a filha dela na escola. Não me importo, adoro a Bebel. É fácil amar uma criança de dez anos. Sabe por quê? Porque ela te ama de volta. Ela te retribui em sorrisos, abraços e orbitando feliz ao teu redor. Como meu gato gigante que me dei de presente de Natal.

O Beto tinha saído de casa, não ia voltar, eu sabia. Eu precisava de companhia. O gato, a Bebel, minha irmã, minhas amigas.

O problema da irmã, da mãe e das amigas, no entanto, é uma parada que eu não sei como resolver. Não importa quão bem ou mal eu esteja, elas sempre me olham com aquela carinha de que se eu reatasse o casamento ou arrumasse um namorado firme, organizaria a bagunça que se tornou a minha vida.

É histórico, é cultural, é o resultado de anos e anos de opressão. Estou cansada. Solteira e cansada. Todo mundo fica querendo me encaixar num padrão. Mesmo as mais feministas, as mais desconstruídas, me perguntam: mas por que motivo ele (o Alexandre) não assume você?

Todas as mulheres tendem a achar que as outras mulheres estão sempre desesperadas por um compromisso. Sinto isso na pele. Acabei de me separar. Estou vivendo uma fase boa, um relacionamento delicioso, mas estou sempre sendo cobrada porque não tenho um cara pra chamar de namorado. Mesmo que o cara seja foda, seja legal, seja querido, fofo e não fique com ninguém na minha frente. Para os outros e para as outras — as minhas amigas mesmo — é um problema porque ele não é "o meu namorado".

Mesmo que eu também esteja ficando com outros caras, mesmo que eu esteja curtindo essa fase sem compromisso, tenho que ouvir: o cara talvez não te faça bem. Como se eu fosse uma louca, idiota ou carente sempre querendo amarrar alguém. Porque no imaginário geral só existe isso: uma mulher querendo enforcar um cara e levá-lo pro altar. E o cara, querendo fugir do altar.

Se a gente está lutando por um monte de coisa, isso já tinha que ter ficado no passado.

Hoje conversei com o cara — ele mesmo, por quem estou apaixonada e quem não posso encher a boca pra falar *namorado* — sobre esta feminilidade tóxica.

— Você não sabe como é pra mim. É pior ainda. Muitas vezes a gente não tá a fim de nada e chega uma mulher dando muito em cima da gente. Se você pega e não estava a fim, ela pode sair por aí falando mal de você. Se você não pega, ela certamente vai falar mal de você — lamentou o pobre homem.

Quem mandou ele ser a última bolacha do pacote? Ao menos eu acho. (E as outras também, infelizmente). Menos minha irmã, minha mãe e minhas amigas, *por que motivo ele não te assume?*

"Não preciso mais de aulinhas de feminismo"

Beto me buscou na universidade, era sexta-feira à noite, dia de fazer algo com o (ex?) marido.

Eu já nem estava muito a fim, preferia sair com meus novos amigos, mas havíamos combinado de sair pois estávamos tentando nos acertar.

— Já jantei, mas como alguma coisa com você – disse-me assim que entrei no carro, atestando quão chata seria a noite. Se sairia comigo para jantar, por que raios comeu antes?!

Sentados no bar, a gente pedia uma Corona a cada meia hora, ambos gostamos de cerveja fraca. O encontro dava sinais de melhora, sempre fomos bons companheiros de conversa de bar, estávamos convergindo numa sintonia, até que entramos num assunto espinhoso: os relacionamentos de amigos, ou melhor, seu fim.

Janaína e Felipe terminaram. Ele disse que ela perdeu um cara muito legal, desconstruído, pai ativo e tal. Precisei pontuar:

— Desconstruir de verdade é não achar que um cara que divide tarefas e é bom pai, é legal por isso. Isso é o básico, não um plus a mais agregado — comentei, porque é exatamente o que penso.

Sua resposta soou como um alarme:

— Estela, estou para te falar há tempos que não aguento mais aulinhas de feminismo. Você professora acaba no momento que sai da sala de aula. Não dá para se estender para nossos papos, não sou teu aluno! Tenho que te dizer que meu saco realmente tá cheio dessas palestrinhas feministas.

Fiquei profundamente chateada. Antes ele adorava falar sobre o assunto. Junto ao estranhamento, veio a indignação:

— Todo esse tempo meu assunto predileto estava incomodando? — bradei. Ele ficou quieto, pensativo.

Parecia confortável e orgulhoso da mudança de agir assim. Fui para casa intrigada. Logo eu entenderia que a cabeça dele estava orbitando em outro sistema estelar.

A gota d'água

Era quase julho de 2022 quando eu e o Beto tivemos nossa segunda grande briga. Ele havia saído de casa em novembro de 2021 — a primeira grande briga — e até esta noite eu (ainda) não queria largar o osso. Ele cedia daqui, retrocedia dali, sempre insistindo que ainda não voltaria para casa. Estávamos numa fase boa, de risadas e muito diálogo, talvez pelo fato de ambos estarmos saindo com outras pessoas. Mas, isso não era um assunto entre nós.

Ele agia como se estivesse magoado, praticamente desenganado do amor. Como se não tivesse ficado com ninguém além de mim nesse purgatório que virou nossa vida.

Eu agia como se estivesse com saudades e fosse capaz de tudo para reatarmos. Nenhum de nós estava sendo verdadeiro.

Uma ou duas vezes por mês a gente saía pra tomar uma cerveja e conversar. Ele dormia comigo. A gente transava. Não era bom nem ruim. Era familiar. Eu acordava feliz no dia seguinte, não vazia ou estranha como quando transo com um cara com quem não estou envolvida emocionalmente.

Seguíamos fazendo aquele teatrinho até que...

...era sábado e eu tinha passado a tarde num bar perto do Couto Pereira, o estádio do Coritiba. Várias amigas minhas estavam lá. Cheguei às 15 horas e devo ter ido embora só às 22, então podemos deduzir que estava minimamente bêbada. Voltei a fumar, depois de anos de abstinência. Não cigarros normais, apenas eletrônicos. Sei que fazem mal, mas não me deixam com cheiro de cigarro e estou me permitindo. Venho me concedendo estas pequenas subversões.

Quem também estava lá, com nossos amigos em comum, era o Gabriel, o primeiro cara com quem saí e por quem me interessei de verdade depois da separação. Nem sequer nos cumprimentamos, o que denota a inabilidade social de ambos, curitibanos típicos. Ele, por ter morado fora, deveria ter evoluído nesse sentido. Não fazia muito tempo que havíamos tido uma briga horrenda, então encarei seu afastamento como precaução. Esse cara realmente não gosta de dor de cabeça. Jamais daríamos certo, a propósito. Por isso, exatamente por isso. Se não posso discutir a relação, nem saio de casa. Menos de meia dúzia de pessoas sabe que tivemos algo.

O Beto não é uma delas, ufa. Naquele sábado, o Beto trabalhou e fechou a sorveteria às 19 horas. Ele deve ter chegado ao bar pouco depois das 20 horas. Eu estava tranquila, esperando ele — o meu marido — e trocando mensagens com o outro ele, o meu crush da vez, o Alexandre. Uma tarde bem animada com cervejas geladas, tragadas no viper e o celular a mil.

Estava frio e escuro quando o Beto chegou, todo encasacado. Eu sinto muito frio, mas como tinha saído de casa muitas horas antes, estava um pouco despreparada para o vento encanado que passou a soprar assim que o sol foi embora e deixou tudo gelado. Curitiba sabe ser congelante no inverno. Vi aquele homem chegando, de blusão de lã e cachecol, fui lá me enganchar, afinal — 1 — poucos ali sabiam que a gente estava separado e — 2 — o Gabriel não estava nem aí pra mim mesmo.

Ele não se incomodou com minha atitude. Ao contrário, foi comprar cerveja pra nós, estava feliz.

— Estela, você acredita que com todo esse frio, nunca vendi tanto? Mais do que a semana toda! Trabalhar no sábado é cansativo, eu fico exausto, mas compensa muito!

Bonitinho, todo sorridente.

Como ambos estávamos de carro, na hora de ir embora cada um foi no seu. O destino: minha casa. Estacionei na garagem do prédio, que fica no subsolo e fui até o térreo esperá-lo. Ele tinha estacionado nas vagas para visitante, ao lado do bosque. Nunca tem vaga ali, naquela noite tinha.

Ele estava demorando para sair do carro, liguei para saber por quê. Ele atendeu e pediu pra eu ir até o carro dele, pois queria conversar. Entrei, ele estava todo amorzinho, foi estranho. Falou pra gente não subir, mas ir pra outro lugar, comer alguma coisa. Achei legal. Beleza, só vou pra casa rapidinho pra trocar de roupa, porque estou morrendo de frio.

Só que

Eu

Esqueci

Meu celular

No carro dele

E

O Alexandre mandou mensagens. Várias. Algumas meio safadas, sendo que ele é todo comedido e nunca manda nada picante.

Quando voltei, ele estava fora do carro. No bosque. Cheguei toda bonita e perfumada e ele começou a gritar. Você é uma falsa. Eu sou muito otário de estar aqui ainda.

Desde o episódio inicial da nossa separação — há seis meses — eu não vi o Beto tão puto. Roxo de raiva.

Como ele é chegado num *exposed*, leu em voz alta tudo que encontrou de conversa minha com o Alexandre. É óbvio que apago minhas conversas, mas esta eu tinha favoritado e ficava lendo e relendo, não apagava. As últimas mensagens que chegaram, eu nem tinha lido ainda.

Ele leu tudo, em voz alta, depois me entregou o aparelho. Vi com meus próprios olhos, era aquilo mesmo. Puxei o aparelho de suas mãos, queria me proteger, queria tatuar o que tinha ouvido em minha pele (que safadinho o Alexandre). Me devolve esse celular, ele ordenou, vermelho de ódio. Não, eu disse, escondendo o iPhone nas costas. Nesse momento, ele segurou meu braço, me imobilizou e arrancou o celular da minha mão, para então jogá-lo no chão, pular em cima e quebrar ele todinho.

Que vergonha dos porteiros.

Me senti invadida. A partir do momento que uma pessoa tira o celular da mão da outra, usando a superioridade física, obriga a outra pessoa mostrar tudo, em seguida pisoteia um iPhone até destruir, é óbvio que precisa de aulinhas de feminismo, um curso completo. Mas não pude falar nada, nem acho que adiantaria.

Depois dessa briga, ficamos muito tempo sem nos falar direito. Por pior que tenha sido na hora, pensei: melhor assim, chega de teatrinho. Esse casamento não tem mais conserto, é melhor eu aceitar isso logo de uma vez.

Claro que uma parte minha estava mal. Eu me culpava por estar me relacionando com outros homens, mesmo separada. Eu saí de megera nessa história. Uma megera um pouco aliviada, um pouco triste, mas, ainda assim, uma megera.

Que fofo o Alexandre me mandar mensagens queridas num sábado à noite. Ele não é disso.

Tem me acontecido tanta coisa boa na vida de solteira que talvez essa briga seja um marco: vou desistir em definitivo de reatar o casamento. Afinal, é o que o Beto me pede desde *o ocorrido*, pra desistir e sair do pé dele.

Te vejo à noite no Kapele, pele, pele

Espremido entre dois estacionamentos num trecho de paralelepípedos da Rua Saldanha Marinho, no centro da cidade, o Kapele é um bar que tem exatamente a mesma idade que eu. A placa com o nome anuncia: a boemia ainda mora aqui.

O mundo acabou, ficou chato, careta, as pessoas não sabem mais se divertir. Exceto no Kapele, aquele casarão antigo verde-esmeralda, com janelas e um portão vermelho. Parece muito pequeno de fora, mas é enorme lá dentro. As paredes de tijolo descascado, os arcos nas portas, as prateleiras cheias de cachaça, vodka, cataia, whisky e outros destilados, as mesas de madeira — como num porão de filme medieval — e o palco compõem um lugar que se diferencia na cidade: um lugar para gente progressista hétero conversar e flertar. Porque é fácil ser progressista em bar LGBTQIA+, mas pra adulto hétero de esquerda beijar na boca nessa cidade não é tão simples assim, a tal República de Curitiba é um balde de água fria na libido da gente.

No Kapele tem cerveja, tem vários caras interessantes e tem até banda. Um dia desses, um cara com quem eu ficava de vez em quando fez uma música pra mim. O refrão diz: te vejo à noite no Kapelle, pele, pele. Eu gostei. Fui casada anos com um músico e só agora viro tema de composição. A vida é mesmo engraçada.

Discordo do ditado *falem mal, mas falem de mim*. Gosto mesmo é de gente falando bem de mim. Como é bom ser a musa de alguém.

Meu fã

Todo mundo merece um fã, um cara debochado e sem vergonha que te liga todo dia insistindo que você é maravilhosa e que daria tudo para chegar de mão dada contigo no bar.

Eu tenho, e rio muito das bobagens que ele fala. É o típico cara que não vale nada, mas como amigo e inflador de ego cumpre bem seu papel. O Fernando é bem conhecido na cidade, um cara desses que dá entrevistas na televisão que todo mundo sabe quem é ou, ao menos, já ouviu falar. Se for mulher, há uma chance enorme de já ter sido xavecada pelo dito cujo.

Ontem me ligou, está louco para ver os filmes que ganharam o Oscar deste ano comigo. Deve gostar das minhas opiniões. Mas ele não falou só sobre cinema, proferiu o discurso cafajeste sem-vergonha completo:

— Estela, você é uma diva, a mulher mais linda da cidade. Ontem quando te vi com aquela saia curta eu quase infartei. Sei que nem mereço tanto, que você é uma montanha de areia perto do meu caminhãozinho, mas, por favor, se algum dia decidir me dar uma chance, me avisa porque vai ser o dia mais feliz da minha vida!

Já que é assim:

— Fernando, meu amigo, já que você me tem em tão alta conta, quem sabe me ajuda então? Que tal usar toda essa tua lábia e fazer propaganda de mim entre teus amigos? Quem sabe você não deixa esse coraçãozinho aqui mais feliz?

Ele é bem próximo ao Alexandre e — pra burro não serve — entendeu o recado.

— Podexá, deusa — encerrou assim a conversinha no WhatsApp.

Outras separações

Márcia separou-se do marido francês para ficar com um ex-colega de escola, Luís Márcio. Acho uma falta de criatividade isso de casal com nome igual. Imagina eu com um Luís Estelo, nem pensar. Esteticamente inviável.

Isabel separou-se do médico e não fala mais com ele. Dois anos depois, ainda está magoada. Talvez um dia voltem a conversar.

A mãe do Roberto, do meu prédio, divorciou-se nos anos 1990 e ainda não superou. Sempre fala dele — *se não fosse esse maldito feminismo eu ainda estava casada* — ilude-se a pobre mulher. Não fossem os filhos, ele nem lembraria que foi casado com ela algum dia.

Meu irmão tem quatro filhos de três mulheres diferentes.

Minha ex-cunhada se separou do pai da filha e são bem amigos, desde sempre.

Raphaela, amiga da Lana, um dia olhou pra cara do marido e disse: chega! Eles não transavam há mais de um ano. A sogra não conseguia acreditar. Queria que a Rapha passasse por uma investigação psiquiátrica. Como assim, você deve estar louca de querer se separar do meu filho!, dizia. Ela estava louca de feliz de se separar.

Hoje, dois anos depois, a Rapha parece ter trinta anos, quando casada parecia ter sessenta, que coisa. Era uma senhora aos vinte e oito anos.

E se tivéssemos o diagnóstico?

Mesmo sem fones de ouvido, quando estava no computador, ou jogando no celular, ele não ouvia nada. Essa era a queixa da Samara, minha amiga que se separou depois de sete anos de casamento, quando seu filho Joaquim estava começando a falar. O marido pouco interagia com eles. O atraso na fala do filho era mais uma das dívidas na longa lista que ela atribuía ao cônjuge estranho.

Samara estava nervosa. A gravidez e depois o puerpério foram períodos extremamente difíceis para ela. Chorava, não tinha vontade de se levantar da cama. Sempre que dava, enfiava-se em algum lugar seguro, ora embaixo das cobertas, ora no trabalho, para não encarar todas as mudanças que se operavam em sua vida. Seu filho fazia o que fazem os bebês de pais que não estão bem, chorava muito, o que não melhorava em nada a atmosfera da família. Samara foi se afastando do marido até que entendeu que viver sempre com tanta raiva no coração lhe fazia mal. A melhor solução pareceu ser o divórcio.

Ele foi pego de surpresa: a paternidade não chegava a incomodá-lo, tirando o choro, e o resto parecia seguir o roteiro de um filme levemente dramático. Ele não entendia como seu comportamento de pai impactava no desenvolvimento do filho e na saúde mental da esposa. Para ele, estava tudo bem.

A separação foi permeada por diversas emoções. Da parte de Samara, ela estava bem, levemente eufórica: havia eliminado de seu cotidiano as brigas diárias. Agora tinha tempo pra si, para flertar com outros caras e para matar as saudades de ser ela mesma e não mera metade de um casal disfuncional. Com o tempo e algum sofrimento, ele aceitou e adaptou-se à vida de solteiro.

Os anos passaram, eles seguiram próximos, e nem um nem outro arrumaram novos parceiros, apenas viveram aventuras esparsas. Não raro se confidenciavam e desabafavam como os amigos de infância que, de fato, são.

De repente, seu filho, o pequeno Joaquim, não queria mais ir para a escola. Achava a turma muito ruidosa, as atividades chatas e os colegas desinteressantes. Aos cinco anos, a coordenadora convocou os pais: as professoras estão suspeitando que seu filho está no espectro autista. Os pais — incrédulos e divorciados — saíram da reunião com a sensação de terem sido atropelados por um ligeirinho biarticulado, o famoso ônibus curitibano que para em estações tubo, cilindros transparentes de acrílico, o tal metrô de superfície idealizado pelo finado arquiteto Jaime Lerner.

Seu filho passou por um batalhão de testes e profissionais, que praticamente fecharam um diagnóstico: sim, ele é autista, num grau baixo, o que antes se chamava de Asperger. Hoje não se fala mais, tudo é estar dentro do espectro autista (TEA: transtorno do espectro autista). Os pais também tiveram que passar por exames psicológicos, nos quais foram encontrados rótulos que lhes deram uma profunda compreensão de seus dissabores. Ela é bipolar, ele tem autismo e TDAH.

Receberem, adultos, seus diagnósticos lhes trouxe muita reflexão. Por um lado, explicou tudo: porque geralmente ela é tão impulsiva, às vezes gastadora, quase sempre ousada, mas, eventualmente, deprimida a ponto de não querer ver ninguém. Quanto a ele, todas suas dificuldades sociais e intolerâncias fizeram finalmente sentido, como quem encontra um saquinho com quinze peças embaixo da cama e finalmente consegue terminar um quebra-cabeças de mil partes.

Todos os dias eles conversam, riem, se entendem. Uma noite ou outra, dormem juntos. E a pergunta que fica martelando em suas vidas não é outra que não esta: Será que teriam se separado se soubessem de suas patologias?

Também me pergunto às vezes se nossa vida seria diferente se ele descesse do salto alto da perfeição.

Doutrinadora boazinha

Sou abusada mesmo. Quando um aluno chega com papinhos conservadores, eu questiono. Não perco uma oportunidade de debater ideias. Dou minhas aulas com informação. Respeito os alunos e trago pra sala o que há de relevante no mundo, seja na moda, no design ou onde for. Sempre tem um ou outro que se incomoda, mas não posso me censurar, é meu papel apresentar e discutir pontos de vista.

Não quero que meus alunos se comportem como robôs. Quero ouvi-los, responder suas dúvidas, ajudá-los a caminhar sozinhos e aprender com eles, todos os dias. Dar aulas me rejuvenesce mais do que bioestimulação de colágeno, não tenho dúvidas disso.

Em 2019, duas alunas reclamaram das minhas aulas serem políticas demais. O mundo é político, respirar é político, consumir é político. Dar aulas então... não tem como ser diferente.

Esse ano, 2022, está mais leve. Não sei se é alegria de voltar pro presencial, se é ver meu ex reeleito ou se estou mais livre porque me separei. Não conviver diariamente com a opressão do casamento deixa a gente efusiva como um *voil*.

Até como professora estou mais leve. Não sair direto da aula pra casa, poder ficar pela faculdade trocando ideia com o "corpo discente" me aproximou muito dos alunos. "Profe musa, diva, ídola", eles postam. Eu reposto, adoro essas declarações públicas de afeto. Muitos moram no meu coração. Não todos, obviamente.

Na turma de quarta de manhã tem uma menina muito estranha. Ela deve ter pouco mais de vinte anos, usa um cabelinho sem graça, liso, cor natural, na altura dos ombros e veste sempre roupas vitorianas, que ela mesma costura. É muito habilidosa e por isso deve ter ido parar lá, no meio de jovens não-binários tão diferentes dela. A Bárbara — esse não é o seu nome real — é casada com um cara que fala latim, usa roupas vitorianas também e se autoproclama um monarquista.

Não é a primeira vez que eu vejo essa galera. Eles são ultracatólicos, usam roupas esquisitas e dizem querer instituir uma sociedade medieval. Ela é toda tradicional, fala baixo, está sempre olhando para baixo também, uma mulher de antigamente. Ouvi dizer que seu marido é um influencer monarquista de Curitiba, que é um pouco famoso.

Evidentemente meu grau de identificação com ela é zero, mas... ontem tive que interceder em seu favor. Em meio a moldes e tesouras, na sala de costura do terceiro semestre, um aluno, o Otto, estava convidando a turma para uma feijoada beneficente que aconteceria no terreiro de umbanda que ele frequenta, no Jardim Social.

Quando ouviu a conversa, a Bárbara ficou muito nervosa e começou a discutir com o Otto. Disse que umbanda é coisa do diabo e que eles vão todos para o inferno, emendou um discurso bem característico de católicos ortodoxos. Em questão de minutos a turma toda estava brigando, atacando-a. Sendo intolerante com a intolerância dela, e com ela.

Tive que interceder para defender minha conservadorazinha. Era só o que me faltava, mas foi o que fiz, por horas. Perdi o almoço e gastei todo meu latim — meu português mesmo, porque não falo línguas mortas como o marido dela — convenci a turma de que se queremos que respeitem nossa religião, precisamos respeitar a do outro, seja qual ela for.

Isso é política. E é por isso que eu digo: tem como não ser político em sala de aula? Não tem!

A dependência tecnológica

Ontem passei a tarde toda no telefone falando com o suporte da Apple para resgatar uma senha. Tomou muito tempo, mas resolvi e me senti leve e independente. Inúmeras vezes na minha vida pedi ajuda para meu ex-marido nesse tipo de situação. Às vezes ele me ajudava, sempre ele me acusava de preguiça mental.

Teve uma situação que foi uma das piores brigas por motivos domésticos que consigo me lembrar.

Eu precisava enviar um artigo científico para uma revista importante. Era o último dia e eu não conseguia finalizar o cadastro e enviar o texto de forma nenhuma. Pedi ao Beto que me ajudasse, pois além de dominar melhor inglês técnico, como ele não estava nem aí para pontuação no *curriculum lattes*, mantinha-se calmo quando as coisas pareciam não ter solução. Diferente de mim, que estava chorando e quase infartando.

Acontece que ele não queria me socorrer. Estava entretido no sofá da sala assistindo a uma luta de MMA, coisa que, aliás, detesto. Chamei-o diversas vezes e ele seguiu me ignorando solenemente até que me plantei na frente da televisão implorando para ele me ajudar.

Ele ria da minha cara e falava coisas do tipo: quem manda deixar tudo pra última hora! Aquilo me irritou muito. Ele não levantou a bunda do sofá pra me ajudar; passei dias sem falar com ele por causa disso.

Como sempre, resolvi. Do meu jeito: após a trigésima sexta tentativa, enviei um email para a editora da revista que, de pronto me respondeu confirmando o aceite e se desculpando pelo mau funcionamento do sistema.

Outro dia, já separada, durante um almoço com ele e nossa filha, surgiu uma questão referente à fatura do cartão de crédito da menina. Ele deu uma aula sobre eu não me interessar e não entender como as coisas funcionam. Agora, adivinha quem desenrola as contas todo mês? Quem dá um jeito de baixar faturas, emitir boletos e resgatar pontos...sempre? Esse cara sou eu, Estela, uma mulher que poderia ser melhor assessorada, mas que — a bem da verdade — sempre esteve sozinha.

Minha mãe costuma falar: a gente se ilude de que está sempre rodeada de muita gente. No fundo, no fundo mesmo, a verdade é que nascemos e vamos morrer sozinhos. Tanto ela fala que eu acredito nisso, porque é exatamente assim que me sinto.

Agora que acabou, gosto de lembrar de algumas situações:

Aos vinte anos

Já briguei por muita bobagem. Eu brigava antes e parava para pensar depois. Teve um episódio que foi emblemático, me abriu os olhos para como eu agia. Fui ao shopping e vi uma cena que me deixou profundamente triste. Com inveja, na verdade. O casal mais fofo de amigos dele estava lá, na frente do Lady Lord, uma franquia de salão de beleza. Ela, dentro, fazendo as unhas, ele, sentado num banquinho, fora, lendo uma revista. Era numa época que a gente nem tinha celular ainda.

Eu achei o cara tão companheiro dela, tão querido, que cheguei em casa bufando:

— Você, vo-cê, ja-mais iria ao shopping comigo — fui logo acusando, pausando as palavras para potencializar o impacto da acusação.

— Do que você tá falando? — Beto tentou entender.

— Fui ao shopping e vi, na maior cumplicidade, a Ana e o João. Ela fazia as unhas e ele esperava. Você consegue captar o que é isso? Não, você nem imagina — eu estava pistola.

— Ah, calma aí. Estela, Estelinha da Estrela, você gosta de ir ao shopping comigo? Primeiro ponto. E você quer que eu te acompanhe ao salão, é isso? Segundo ponto. Terminei. Me diz a verdade.

— Não, que vergonha, você tem razão — admiti, cobrindo o rosto com as mãos.

Imagina, tudo menos isso. Eu odiava quando ele me acompanhava ao shopping. Era meu pior pesadelo. Cheguei acusando sem nem parar para pensar.

Já fui muito boba. Eu tinha uma imagem mental de como era um casamento, da parceria entre os dois, da amizade, da cumplicidade. Cada vez que achava que ele não estava à altura do que eu queria, me desapontava. Também me importava com o que os outros falavam, me preocupava com o que iriam pensar de mim, do meu casamento.

Felizmente acho que mudei bastante. Coitado do Beto, aturou cada coisa. Isso que era amor!

Aos trinta anos

Há anos a socióloga Miriam Goldenberg pesquisa envelhecimento e autoestima de mulheres brasileiras. Ela vem percebendo que, no que tange à felicidade, não existe ponto mais baixo do que os 30-40 anos. A maioria de nós sente-se cansada, com o corpo transformado pela gravidez, o trabalho desvalorizado, o marido desinteressado, a lista de motivos é enorme. A gente é feliz quando é criança, depois vai se deprimindo e só volta a subir na curva depois dos 45, alcançando um platô aos sessenta anos.

Pra mim, os trinta anos foram os piores. No trabalho, pairava aquela sensação de que eu já deveria ter conquistado mais coisas, ganhar melhor e ter mais reconhecimento. No casamento, talvez a insegurança tenha sido a tônica principal. Me sentia menos que meu marido. As mulheres olhavam com volúpia para ele, ele saía para tocar com sua banda, chegava tarde, eu ficava com uma sensação de ter sido abandonada ou traída. Às vezes eu cobrava, brigava, era chata pra caramba. Outras, me segurava para não me descontrolar, mas sofria. Me sentia solitária e triste.

Quando nossa filha nasceu, tivemos uma crise bizarra. Ele saiu e voltou muitas vezes de casa nessa fase. A gente não conseguia conviver. Eu não estava bem, ele não me deixava bem. A solução que encontramos, na época, era essa: briga, afastamento, saudades, ir e voltar. Não era um modelo saudável, mas funcionava.

Com o tempo, nós dois passamos a ter consciência de pequenas violências que cometíamos. Eu, ao vasculhar as coisas dele ou a fazer acusações infundadas; ele, ao nunca me deixar ter razão ou a desqualificar meus argumentos em função dos meus sentimentos, como se uma pessoa furiosa não pudesse jamais estar certa. Geralmente eu ficava furiosa por não estar gostando de algo, era legítimo, oras.

Esses tempos foram muito difíceis. Depois a gente foi se desconstruindo, lendo, aprendendo e nossa relação talvez tenha ficado mais morna, mas ficou mais respeitosa. Eu sentia assim.

Mariana, minha irmã, foi casada anos com um cara muito gente boa, porém ciumento e machista. Em 2015, ela tinha decidido se separar. Cansou de brigar e ter que explicar situações como porque o pai da amiguinha da Bebel estava sorrindo e porque ele veio buscar a filha (e não sua esposa), uma prova cabal de que minha irmã e o tal pai estavam tendo um caso, segundo meu ex-cunhado. O Marcelo tinha ciúmes até da própria sombra, era bizarro, não sei como minha irmã não surtava.

Ela gostava dele, todos nós gostamos ainda hoje. Por isso, depois de mandar ele para fora de casa por duas semanas, ela decidiu dar uma segunda chance ao rapaz. Ele tem que aprender muita coisa, para quando arrumar outra mulher ser mais legal. Ele é muito cru, ela falava. Com a frieza e a tranquilidade de quem queria desfazer as núpcias, Mariana ensinou tudo que um homem precisa saber: que ele não pode chegar em casa e ficar cobrando as coisas como se fosse o chefe, que lavar a louça, arrumar a cama e limpar a casa — os banheiros inclusive — é obrigação e não merece palmas por isso, que não é porque ela se arruma para sair que vai traí-lo e por aí vai.

Ela deu um curso completo de civilidade de gênero para ele, que aceitou e aprendeu tudo, única e exclusivamente porque estava com medo de perdê-la. A boa surpresa de Mariana, naquela situação, foi a completa transformação de um ogro num cavalheiro. Em função disso o casamento durou mais uns bons cinco anos. Só não sobreviveu à pandemia, como o meu e o de outras tantas.

Fato é que conhecimento, feminismo e diálogo resolvem 90% das tretas num enlace, mas tem coisa que não tem jeito.

Ficou tudo gelado, gelado

Um dos meus sonhos sempre foi esquiar na neve. Por isso, eu não via nada de errado em irmos ao Valle Nevado quando estivemos em Santiago, no Chile, numa viagem supostamente romântica e reconciliatória. Nossa filha era pequena e ficara com a avó paterna. A gente brigava muito nessa época. Sempre brigamos. No começo eu achava que era porque eu não tinha um trabalho formal ou porque ganhava menos, depois porque não fazia terapia, depois porque eu gastava demais com roupas, eu era um problema, segundo ele. Sempre havia motivos e maioria deles mostraram-se falsos com o passar dos anos. Eu sanava as causas, mas as crises permaneciam.

Fomos ao Chile numa dessas fases ruins. Tudo que um falava irritava o outro e vice-versa. Ainda assim, a gente devia acreditar que manter o casamento era importante para seguir tentando daquela forma. Hoje penso diferente, mas vamos falar dessa viagem, que considero uma das mais tragicômicas da minha vida.

Reservei um hotel lindo na capital. Pesquisei passeios, restaurantes e bares. Levei roupas adequadas porque meu medo real não era nem ficar brigando a semana toda, mas morrer de frio. Passar frio, e o maridão, encalorado, que corre e medita, não entender meu desespero. Levei duas malas e isso já foi uma questão no aeroporto. Ele simplesmente não entendia porque eu precisava de tanta coisa. O curioso é que ele casou com a mulher mais cheia de roupas, sapatos e botas que encontrou na vida, então não deveria questionar minhas atitudes, eu nunca enganei ninguém com relação a quanto gosto de indumentárias.

Tenho uma amiga que era muito magra, daquelas que comem, comem e as roupas vivem caindo. Ela teve filhos e o marido ficava frustrado pelo fato de os bebês não serem rechonchudos. Poxa, o cara casa com a mulher mais magra da cidade e quer um bebê com dobrinhas; os homens são tão incoerentes.

Durante a viagem, nos desentendemos porque eu queria ir para o Valle Nevado e ele não. Eu pensava, não vou voltar aqui tão cedo, a temporada está aberta, vou e pronto. Reservei um hotel e programei tudo. Ele não teve outra saída a não ser ir comigo. Chegando lá, fui atrás das roupas, aluguei tudo para os dois, e procurei cursos para fazermos, afinal nenhum dos dois havia esquiado na vida. Eu patinava num ginásio duas vezes por semana, mas, definitivamente, não era a mesma coisa.

Ele foi irredutível. Tinha assistido aulas no YouTube, já andava de skate e surfava, por isso achava uma grande bobagem fazermos o curso. Não sou o tipo de pessoa que cede fácil. De vez em quando eu aceito perder uma batalha para vencer a guerra. Tive problemas já no primeiro deslocamento até a montanha. Não travei direito a cadeirinha do teleférico e ela virou. Fiquei pendurada pelas pernas, com a cabeça pra baixo, a subida toda. Meu cabelo é volumoso, cheguei ao cume com o cabelo todo cheio de neve e muito brava.

Tive um bocado de dificuldade para descer. Para mim era impossível manter os esquis alinhados. Eles iam um pra cada lado e eu caí diversas vezes na neve. Ele não, parecia que nasceu para esquiar. Descia a montanha com a naturalidade de um suíço, ou um instrutor chileno. Só não foi muito eficaz em me ensinar, de resto, arrasou.

Para quem não queria ir ao Valle, Beto parecia uma criança feliz. Tanto que me pediu que filmasse ele na neve, apesar da minha falta de jeito. Combinamos que eu desceria de teleférico, agora sem ficar de ponta-cabeça, e o filmaria descendo. O problema foi que me atrapalhei com as luvas e derrubei o celular dele no meio daquele mundo branco, úmido e sem qualquer ponto de referência.

Passei uma tarde inteira, de quatro, agachada, na subida, procurando o celular do moço. Cavouquei a neve com as mãos. Encontrei óculos, carteiras, luvas, protetores auriculares, mas nada do celular do Beto. Eu estava frita, ou melhor, congelada.

Se o clima entre nós já era ruim antes de irmos, imagina como ficou depois. Ele era dependente daquele celular, raras vezes me deixava pegá-lo.

Espalhei recados na recepção de todos os três hotéis da região, que são o Hotel Valle Nevado, o Puerta del Sol e o Tres Puntas, e voltamos para Santiago, sem nos falarmos.

Eu estava fumando e chorando na sacada do quarto enquanto ele tomava banho, quando o telefone tocou. Entendi porcamente — meu espanhol deixa muito a desejar — alguém havia achado o celular do Beto. Virginia era seu nome. Marcamos um encontro no dia seguinte, num bairro muito longe, Las Condes, para além da vinícola Cousino Macul. Voltei para a sacada fumar mais um cigarro e aconteceu uma cena linda, que eu não tinha visto ainda. A névoa que cobre quase eternamente a cidade dissipou-se e a cordilheira imponente e maravilhosa surgiu. O dia estava se pondo e o cume das montanhas brilhava numa cor púrpura, meio alaranjada, meio rosa, meio lilás, uma das coisas mais lindas do mundo. Aquilo me encheu de esperança.

Decidi fazer uma surpresa para ele. Não contei da ligação. Disse apenas que precisava de um dia sozinha. Ele achou que eu fosse comprar roupa — até queria — e deixei que fizesse piadas a respeito. Levei três horas para encontrar a Virginia, num bairro operário um pouco deprimente. Ela foi uma querida, me devolveu o celular e trocamos e-mails. Quando for ao Brasil, não deixe de conhecer Curitiba. Não, não é perto do Rio de Janeiro, nem tem praias, mas é uma cidade bonita e eu te levo para passear. ¡Hecho, dale, gracias! Nunca mais nos falamos, óbvio, ela não faz ideia de quanto me ajudou.

Quando cheguei ao hotel, ele estava entediado. Uma pessoa que fica sozinha esperando a outra passa por vários estágios e sentimentos. Sei bem como é. A gente fica brava, depois com raiva, depois ansiosa, depois triste, depois vai se resignando até que chega à conclusão de que o melhor a fazer é tratar o outro bem quando chegar e não tacar um vaso na sua cabeça. Ele estava assim, calmo, sabe lá deus como.

Tirei o celular da bolsa fazendo um charme: tenho uma coisa para você, um presente. Ele estava estranhando eu ter chegado sem sacolas de compras, não estava entendendo nada. Quando estendi o celular para ele, esse homem só faltou chorar.

— Obrigado, Estela. Desculpa por eu vir agindo um idiota a viagem toda.

— Tudo bem, eu disse. Vamos sair para jantar? Descobri um restaurante de massas maravilhoso aqui perto, dá para ir caminhando.

Naquela noite eu andei dez casas no "jogo da vida do casamento", nos amamos e fomos felizes por algum tempo.

Durante anos tive disposição para esta gincana chamada matrimônio.

As pessoas de fora

Meu ex se comprometeu a fazer uma viagem com nossa filha para Nova Iorque, só os dois. Ela pensa em estudar lá e eu sempre planejei esse rolê familiar de reconhecimento de campo. Ele arrumava mil desculpas — trabalho, dinheiro, tempo — para não irmos. Agora que estamos separados, estão vendo passagem.

Tem um lado meu que fica com raiva, porque era algo que eu pleiteava; mas o outro fica bem aliviado. Explico: eles viajarem sozinhos é a única forma de se proverem de atenção exclusiva. Cada um olhando no olho do outro e fazendo o outro se sentir especial, sem minha intermediação. Numa família com um filho, sempre há espaço para uma pessoa levar a culpa pelo que dá errado, principalmente a pessoa mais ocupada, com a cabeça mais cheia de coisas (eu).

No fundo todo mundo quer se sentir especial. Noto nos casamentos em crise que o casal está sempre querendo fazer coisas com terceiros porque não se suportam mais ou porque uma terceira pessoa consegue dar atenção, ou até mesmo afeto, que não brota mais naturalmente entre os dois. É difícil olhar para seu parceiro com admiração botando na conta todas as frustrações da vida conjugal.

Uma pessoa de fora também força os membros do casal a manterem a linha, serem mais gentis e educados. Num casamento desgastado o que mais tem é vontade de brigar e mandar o outro à merda o tempo todo. Cansei de ir num restaurante ou bar e explodir e chorar. Chega uma hora em que tudo no outro irrita. O tom de voz, a ironia da crítica, a falta de consideração.

Quando uma pessoa está de saco cheio da outra, ela: serve-se e não pergunta se o outro quer algo, vai dormir e não diz boa noite e adora quando o outro viaja. Vejo tantas amigas vivendo esse dia, todo dia. Não sei como aguentam. Não sei como eu aguentava.

Nunca vou sentir saudades do "clássico da semana": a gente decidia sair para comer e geralmente ia no carro dele. Se não havia uma vaga perfeita e ele era obrigado a dar uma volta na quadra ou manobrar muito, ficava muito mal-humorado e me dava patadas. Esse era o prelúdio de um almoço que deveria ser prazeroso, ou de um jantar supostamente romântico. Não raro o que era pra ser prazer virava uma dor de estômago e aquela sensação triste de *o que estou fazendo da minha vida*. Para evitar, passei a sempre convidar outras pessoas para saírem com a gente. Assim eu matava dois coelhos com uma cajadada só: eliminava a briga e não tinha que lidar com o buraco da nossa relação.

Hoje, olhando para trás, penso que há um terceiro fator nessa equação. Trazer pessoas de fora para o convívio de um casal faz com que, mesmo no casamento, essa relação complexa e desgastável, as pessoas possam voltar a ter um gostinho de ter a atenção do outro. Chega-se a um ponto de desgaste em que a gente tem tanta preguiça de conversar e ouvir o parceiro que só sabemos o que ela anda fazendo e pensando quando o ouvimos conversando com outra pessoa. E aí rola até um pouco de ciúmes e eventualmente alguma faísca de atração é reacendida. E assim as pessoas vão permanecendo juntas. Como nós humanos somos nocivos para nós mesmos.

Ainda sobre dinâmicas familiares:

Três é pouco

Na semana passada jantei com meu ex-marido na casa da mãe dele, minha ex-sogra e amiga, que também mora no meu prédio. Na mesa, estávamos eu, ele, nossa filha e o namorado dela. Era tarde e o resto da família dele já tinha jantado, então ficaram no sofá, ao lado da mesa, conversando com a gente. Nada demais, pedimos uma pizza e falamos de amenidades, como se nunca tivéssemos brigado nessa vida.

A Luísa estar namorando é a grande novidade do verão. Ela tem dezesseis anos e nunca tinha demonstrado nenhum interesse por garoto algum até o final do ano passado. De repente se grudou num guri, tão parecido com ela que parecem ser irmãos. Estou achando bonitinho. Todo mundo quer companhia, quer se sentir bem ao lado de alguém. Outro dia fomos para a Ilha do Mel, eu e eles. Me senti uma motorista de aplicativo porque os dois quiseram ir juntos, de mãos dadas, no banco de trás, ninguém quis ir na frente comigo.

Tão legal essa dinâmica de sermos quatro na mesa. Sempre fomos só três e boa parte dos conflitos nascia aí. Entre três pessoas, sempre há duas que estão mais conectadas e uma que se sente sobrando. Nunca me importei em ser a que está fora, porque raramente era assim. A regra era eu dando atenção para um deles e o outro querendo chamar atenção ou fazendo drama. Parece que eu estava sempre em falta com um deles, que não atendia nunca suas demandas sentimentais.

Nas raras vezes em que os dois ficavam juntos, eu me sentia livre, sem obrigações.

Esse foi um ponto positivo da separação porque ele, mesmo naquela obsessão de ficar na sorveteria, passou a dedicar mais tempo para a Luísa. Desde o final de 2021, ela dorme uma ou duas vezes por semana lá com ele, no escritório/casa. Eles se aproximaram e me deram um espaço que há anos eu não tinha.

Sem falar que é muito fácil triangular relações numa família de três pessoas só. Sempre tem alguém usando o terceiro para mandar indireta para o segundo. Rola ciúmes, manipulação e todo tipo de provocação disfuncional. Quatro é outra história, cada um pode ter exclusividade, um interlocutor só para si na maior parte do tempo. Diminui muito aquela situação de ter duas pessoas ao mesmo tempo falando contigo sobre assuntos diferentes e você tendo que dar conta sem se estressar.

Quatro é ótimo. Talvez, se a gente tivesse sido uma família de quatro, se eu tivesse tido mais um filho, teríamos sido mais felizes, brigado menos. Vai saber.

Ontem, quando meu ex-cunhado me mandou mensagens dizendo que há meses não via o Beto tão feliz e com os olhos brilhando como naquela noite da pizza (ele passou lá pra buscar algo enquanto a gente jantava), não levei para o lado pessoal. Ele queria que eu pensasse que eram saudades de mim. Não eram. Foi apenas uma noite fluida com quatro pessoas e não três.

É preciso registrar que nem achei a noite tão agradável assim, achei até meio chata. Gostei mesmo foi da sobremesa, um sorvete de maçã com canela divino, que ele havia criado naquele mesmo dia.

A maternidade

O ego é foda. Quando eu soube que seria mãe, lá atrás, pensei: uma menina, que demais, vai ser minha miniatura, uma reencarnação em vida de mim mesma!

Meus defeitos e qualidades, estaria tudo ali. Imaginei uma criança desajeitada, que tombaria fácil e estaria sempre cheia de curativos porque viveria se machucando. Seria metida e falaria ininterruptamente. Corajosa demais para umas coisas, correndo riscos desnecessários, porém cheia de medos bobos. Ela estaria sempre batendo boca com as pessoas e depois sofreria de ressaca moral. Passaria metade de seus dias tentando consertar os danos causados por seu temperamento. Pudera, filha da Estela, você queria o quê?, as pessoas diriam desde o jardim de infância.

Eu imaginava uma guria cheia de vontades, que lutaria a tapa para conseguir suas coisas. Às vezes, ela quebraria a cara, mas não me pediria colo, nem admitiria seu fracasso. Seria orgulhosa e teimosa, eu teria que estar atenta para ver se aquilo tudo seria bravura ou sofrimento. Ela decidiria as coisas num piscar de olhos e teria sede da vida, do mundo, dos livros, de tudo. No amor, seria retraída. Se fosse rejeitada, eu não saberia, porque ela não demonstraria nada.

Ela só iria, sempre. Pra frente.

Aí veio a Luísa. E ela é o oposto de mim em tudo.

Demora horas para saber que sabor de sorvete vai pedir. Indecisa sim, mas cuidadosa e cheia de consciência corporal, por isso nunca se machuca. Não tem muitos medos, pois não se arrisca, só vai aonde está confortável. Compreende tudo que está acontecendo ao redor.

Percebe os outros. Nunca está eufórica, sempre está atenta e sensível ao que o mundo lhe mostra. Quando se sente mal, sabe exatamente o porquê e expõe isso com calma e clareza. Não tem vergonha de dizer que está triste e que tudo parece horrível. Nunca grita nem esbraveja pois sabe que isso não adianta nada. Quem grita, perde a razão, mamãe, ela diz, desde pequena.

Não tem muitas curiosidades sobre o mundo, não sabe se vai dar certo no final, mas isso não a incomoda, pois possui uma paz interna infinita. Uma menina que parece frágil e medrosa, já que não entra em confronto, ao contrário, quer dormir quando o bicho pega, mas é forte e sensata. Amanhã a gente vê o que faz. Nunca está mal com ninguém e não precisa correr atrás do prejuízo. Não quer muito nada, parece sempre em acordo com o que a vida lhe apresenta.

Por anos, ela me frustrou em tantos aspectos. Cadê aquela menina auspiciosa e cheia de opinião que eu imaginava?

Até que percebi que minha filha era minha antítese. E esse foi o maior presente que a vida me deu. Me completa e me equilibra. Justamente por não ter nada a ver comigo. É calma e bem-educada, não fala antes de pensar, não toma decisões precipitadas, tem dois ouvidos e uma boca e age de acordo com esta proporção.

Quando tinha quatro anos, a levei-a um show gratuito do Roberto Carlos, no Centro Cívico. Tinha mais de cinquenta mil pessoas lá. Ela viu muita novidade, como um casal formado por duas meninas. Se a menina tinha uma namorada, então ela não era gay, era guéia, deduziu.

Aos cinco anos, a matriculamos na aula de inglês. Ela falava da Miss Bianca com carinho e empolgação. Um dia fui buscá-la e perguntei por que ela nunca tinha me contado por que a profe Bianca não tinha um braço. Ela estranhou: mas mãe, por que eu deveria ter falado isso?

Com seis anos, quando estava aprendendo a escrever, pedi que fizesse uma lista de ingredientes para a gente ir comprar as coisas para fazer a melhor sopa do mundo. Ela encarna Foucault num fim de tarde frio e chuvoso: melhor sopa do mundo para nós né, mãe, pois pode ser que não seja para as outras pessoas. Perfeita.

Até hoje, aos dezesseis, segue me surpreendendo com seu jeito tão diferente de mim, e exatamente por isso, muito melhor do que eu. Me prova — toda hora — que criar expectativas é uma bobagem gigante. Mas quebrá-las pode ser fantástico.

Não sei ao certo quem educa quem lá em casa. Volta e meia, Luísa entra no carro, depois de termos feito algo juntas, e me fala: mãe, você foi grossa com tal pessoa aquela hora, assim e assim. Eu só respondo: puxa, filha, acho que você tem razão, obrigada pelo toque, vou pensar. Psicanálise pra quê, com uma Luísa na vida?

Luísa me faz pensar no Amor fati (amor ao destino), de Nietzsche:

Quero cada vez mais aprender a ver como belo aquilo que é necessário nas coisas. Amor-fati: seja este, doravante, o meu amor! Não fazer guerra ao que é feio. Não quero acusar, não quero acusar nem mesmo os acusadores. Que minha única negação seja desviar o olhar! E, tudo somado e em suma: quero ser, algum dia, apenas alguém que diz sim!

(Nietzsche, Gaia Ciência, aforismo 276)

Falar de dinheiro

Ele saiu de casa, por meses seguiu pagando as mesmas contas que pagava antes e nós empurramos essa conversa o quanto pudemos, porque é uma conversa chata. Não tem como falar de dinheiro sem se estressar. Como a gente não tinha grandes questões em relação ao tema, deixamos o tempo passar, a nova vida assentar. Primeiro separam-se os corpos, depois o patrimônio, então as vidas, para ao fim, se planejar o futuro. No começo, não tem nem como falar desse futuro, pois quando ficamos sem chão, não entendemos nem o presente, nos apegamos ao passado, e quanto ao futuro é como se nem existisse.

Mas esse dia chegou, um ano depois de ele sair de casa.

Marcamos no apartamento em que moro, onde ele também viveu uns quinze anos. Ele entrou, sério, com os olhos ressecados, coisa de quem anda dormindo pouco. Está magro, não me parece bem. Oi, Estela, como você tá? cumprimentou-me da maneira mais formal possível. Em vez de sentar no sofá, como sempre fazia, se encolheu numa poltrona dura, de ferro. Estava desconfortável, de todas as formas possíveis.

Nunca cogitamos brigar na justiça, com advogados, por nada. No princípio, nos consultamos com advogados, mas isso só reforçou nossa opção de fazer as coisas da forma mais amistosa possível.

Nosso patrimônio foi construído majoritariamente com aportes de dinheiro de processos que ganhamos e de imóveis que compramos, reformamos e vendemos com o dinheiro que herdei do meu padrasto, quando ele morreu. Existe um consenso entre nós que eu colaborei mais. O problema é essa fração e é aí que nossas personas emergem. Parece que cada um de nós cria uma persona para se colocar no mundo e se relacionar com os outros. Tenho a sede da justiça. Talvez só para incomodar, talvez por sempre ter que lutar por justiça para não ser preterida por meus irmãos, realmente não sei de onde vem isso, mas vem. E vem com força total.

Estou sempre questionando as coisas, buscando a solução perfeita, a mais correta. Às vezes, vou longe demais e estrago a relação, mas enfim, tenho essa característica. Ele é o bonzinho. Odeia discussão e adora sair por cima, não por estar certo, não faz questão de ter razão, mas precisa ser o generoso, o bom moço, o que cede porque é uma alma elevada.

Na minha opinião, nosso patrimônio constituiu-se com 70% de aportes meus e 30% de aportes dele. Ele discorda. Reconhece que contribuí mais, mas acha que a proporção está mais para 60% meus e 40% dele.

Ficamos mais de uma hora nesse impasse. Tá bem, Beto, já entendi o teu ponto, mas tenha bom senso. Você lembra quando o Ademir morreu, como nós usamos aquele dinheiro, como nós aumentamos minha herança e compramos este apartamento. Para mim é tão lógico que minha parte é — ou deveria ser — pelo menos 3/4, que me irrito quando ele insiste em teimar.

Por fim, o bonzinho parece concordar com a justa, como sempre foi nos últimos 25 anos. Vamos seguir nossos papéis até o fim. Se é que existe um fim. Como temos uma filha juntos e somos amigos, nossos irmãos são nossos amigos e amigos entre si, talvez nossa relação seja muito próxima para o resto da vida. Acaba o casamento, mas a amizade fica. Mesmo tendo que falar de dinheiro.

— Estela, você é a mulher da minha vida, sempre vai ser. Eu te amo demais. Sei que esse assunto é duro, é chato. Sempre vou fazer o que for melhor para você e para nossa filha. Vocês são o que há de mais precioso na minha vida. Se eu pudesse fazer mais, colaborar mais, eu faria, qualquer coisa. Deixemos assim então, 75%-25%. Eu quero que vocês fiquem bem, sempre. Dedico minha vida a vocês. Nunca vou deixar de te amar.

Estela sai do grupo

O grupo da minha família é uma piada. Minha mãe criou e colocou os filhos e os respectivos cônjuges. Teve tanta briga que, um a um, os filhos saíram. Primeiro meu irmão, que não tem paciência para perrengue familiar, depois minha irmã, que se sentia cobrada demais, depois eu, porque não via cabimento nas coisas que minha mãe colocava ali, sempre provocando alguém. Quem ficou: a primeira ex-mulher do meu irmão, o ex-marido na minha irmã e o Beto! Virou um grupo de Ex-integrantes da família. Não duvido nada que a dona Renata fale mal da gente para nossos ex, não que a gente se importe muito.

Já no grupo da família dele, fiquei muito tempo. Era um grupo enorme, cheio de agregados. A sogra era a administradora, aí vinham os filhos, noras, genros, namorados, uma pequena multidão. Um grupão, bem divertido, sem brigas, discussões, sem as indiretas da dona Renata. Eles postam onde estão, o que comem, quando se encontram, foto de alguém que estava cansado e dormiu na mesa, essas coisas. Meu único porém com o grupo era o excesso de fotos. Lá se postam sequências de fotos quase iguais, falta um editor. Mas, isso é um TOC meu. Me incomoda.

Mesmo depois que ele saiu de casa, permaneci no grupo por muito tempo, afinal eles eram uma referência de família, apoio e acolhimento para mim, sempre foram, todos eles. E — felizmente — sempre serão a família da minha filha, sorte dela. Um dia, porém, um vídeo postado no aniversário do Beto me levou a tantas lágrimas que tomei a árdua decisão de abandonar o grupo.

Aniversário é um dia muito especial para ele. Ele medita, escreve listas e redefine objetivos. Leva muito a sério o fato de mudar de idade, de ciclo solar, essas coisas. No ano passado, em 2022, a gente havia acabado de ter A BRIGA, aquela em que ele pegou meu celular, leu mensagens do Alexandre e pisoteou o aparelho depois. Nossa relação estava encerrada, a gente não estava nem se falando.

Então, vi no grupo o vídeo com a cena do parabéns, à qual, logicamente, não compareci. Eu o conheço muito bem, consigo interpretar cada alteração no movimento das sobrancelhas. Nunca o havia visto com um semblante tão triste nas últimas três décadas. Enquanto soprava as velas do bolo, parecia estar se segurando para não chorar. Me partiu o coração. Por mais que a gente estivesse brigado, eu preferiria jamais vê-lo naquele estado. A cada zoom que eu dava no vídeo, era uma facada no meu peito. Por isso decidi sair de um grupo que me trazia tanto alegria quanto pertencimento. Não dava mais.

Desajustes anuais

Não tenho dúvidas sobre o consumo de álcool causar efeitos ambivalentes nas relações humanas. Muitas vezes ele bebeu demais e brigamos, outras eu passei da cota desejável e a noite terminou mal. Como o Beto sempre se preocupou com a saúde, todo ano ele, católico apenas de batismo, que não reza nem nada, faz a quaresma.

No período compreendido entre o Carnaval e a Páscoa, não bebe nada. São quarenta dias dedicados a purificar o organismo. Não vejo nada de errado em cuidar da saúde, o problema é que nunca embarquei junto nesse jejum etílico, o que tornava este período uma época complicada para nós.

Nos afastava. É estranho morar com uma pessoa que durante quarenta dias por ano não sai com você, vive uma vida à parte mesmo morando na mesma casa. Era tanta determinação, tanto foco em si mesmo que eu achava ele egoísta de agir assim. Me sentia sozinha, mesmo com ele ali, na sala, vendo tevê comigo. Eram tempos de profunda desconexão. Eu aproveitava para sair com minhas amigas, falar um pouco mal dele, já que ele não estava junto e que costumava ficar chato pra cacete.

Quando chegava a Páscoa, os chocolates, o bacalhau e o vinho, eu tinha meu parceiro de copo de novo. Nos reencontrávamos nos papos. Entendo que a quaresma dele não era sobre mim; era sobre ele e seu fígado, mas tinha um impacto negativo na nossa conjugalidade. O casamento é isso; tudo que um faz de diferente impacta na vida do outro. Às vezes a gente se acostuma com o diferente, realinha os chacras, se acerta de novo. Pode levar anos. Dependendo da intensidade das mudanças, não tem mais como ficar junto.

Não estar casada

É chegar em casa e saber que ninguém vai te cobrar ou comentar com maldade que você deixou algo bagunçado, falou algo errado ou esqueceu algo importante. Algo que nunca é importante pra você, mas você não importa muito no casamento, é o que percebi olhando pra trás. Também é não perder tempo falando com alguém que não escuta, não presta atenção no que você diz.

Ainda hoje quando saio com ele pra conversar sobre nossa filha, imóveis que estamos vendendo ou algum outro assunto impessoal, percebo aquele padrão antigo. Ele começa me olhando nos olhos e em minutos já se desligou completamente da conversa.

Tenho uma amiga que conta que sempre tem diálogos assim com o marido:

— Sabe a Dani? Ela vai se mudar para Portugal e disse que nem quer alugar seu apartamento, vai deixar fechado mesmo.

— Qual Dani? A mãe da Malu? Aquela da faculdade? A vizinha da tua mãe? A tua amiga da escola? Que saco, nunca sei de quem você está falando. Me deixa tonto! É muita gente, muita história!

E a culpa, de ele estar desconectado, de não saber de quem está falando, é sempre dela. Ela não sabe se expressar, ela faz confusão com os nomes das pessoas, ela não fala coisa com coisa. Ele nunca presta atenção e a culpa recai sobre a coitada.

No meu caso, era diferente. Ele perdeu o interesse nos meus assuntos, era como se vivêssemos em mundos distintos, perdi meu par para fofocar.

Tão estranho que hoje em dia isso não aconteça, que as pessoas com quem eu converso sempre sabem do que estou falando. Não estar casada é estranho, estranhamente bom.

Na minha cabeceira, Bolaño (em *2666*) me mostra como pensam os homens:

Por um lado, o encontro havia transcorrido às mil maravilhas, disso não havia dúvida, na cama principalmente ambos pareciam combinar, formar um bom par, harmonioso, como se se conhecessem fazia tempo, mas quando o sexo acabava e Norton ficava com vontade de falar tudo mudava, a inglesa entrava num estado hipnótico, como se não tivesse nenhuma amiga com quem conversar, pensava Espinoza., que em seu foro interior acreditava firmemente que esta classe de confissões não é feita para um homem, e sim para ser ouvida por outra mulher. Norton falava de períodos menstruais, por exemplo, falava da lua e dos filmes em preto e branco que podiam a qualquer momento se transformar em filmes de terror que deprimiam enormemente Espinoza, a tal ponto que, terminadas as confidências, tinha de fazer um esforço sobre- humano para se vestir ou jantar ou ir à uma reunião informal de braços dados com Norton...

É isso!

Parte 7

Quando o Beto chamou minha mãe e a mãe dele pra me expor, no dia seguinte à minha traição, a reação delas foi bonita, ninguém se voltou contra mim. Minha mãe não chegou a me apoiar, tampouco me criticou.

A sogra contemporizou meu lado: Você não fez isso à toa. Alguma coisa aconteceu. Você teve algum tipo de bug na cabeça. Ela sabia da fluoxetina e do quão atípica era essa medicação na minha vida. Sempre fui a pessoa que tem energia, que resolve, que anima os outros. Às vezes, não dou conta. Era o que estava rolando.

Jamais vou me esquecer que quando ele terminou a palestrinha, jogou a aliança pela janela e anunciou:

— Que bom, eu estava precisando mesmo disso. De alguma coisa, para tomar essa atitude. Vou refazer minha vida, vou ter outro filho.

Foi pesado demais. Talvez eu nunca supere 100% esse momento.

No dia seguinte a irmã dele passou na minha casa e disse, com carinho:

— É fácil de entender, Estela, porque afinal, neste ano, ele te deixou o tempo todo sozinha. Você estava aí, pedindo atenção, pedindo ajuda e ele estava totalmente ausente.

Esse apoio foi fundamental, mas não o suficiente pra me tirar a culpa de ter agido errado. Algo que segundo o Beto não lhe saía da cabeça um minuto sequer. Eu tinha estragado tudo.

A virada

Muitos meses depois:

— Atenção, alunos, prestem muita atenção neste procedimento de sustentação. Vou fazer pequenas incisões na bochecha da nossa paciente e amarrar fios especulados para estimular a produção de colágeno.

Um grupo de dez alunos, todos em seus jalecos rosa bebê com o logo da clínica de rejuvenescimento Dra. Laura Firmeza, em pé a meu redor. A professora havia começado um procedimento chamado Fios de PDO. Doeu um pouco, as agulhas picavam sem dó meu rosto. Quando a instrutora Zelinda me alcançou um espelho — como fazem os dentistas — para que eu pudesse observar, a pele estava coberta de pequenas gotas de sangue. Fiz uma careta horrível enquanto ela enfiava o tal de fio de colágeno absorvível de cima abaixo.

O horror mesmo viria depois. Aproveitando que os alunos teriam um intervalo para fumarem ou tomarem um café, enquanto eu, a cobaia, descansava, fiz o que não deveria, espiei meu celular.

Minha ansiedade não deixa ninguém no vácuo. Estou sempre online, respondo rápido. Naquela meia hora sendo furada, chegou um pequeno pipeline de mensagens no meu WhatsApp. Eu não deveria ter pegado o aparelho. Era pra eu relaxar, não pra me estressar, pra sentir raiva e ódio pela vida toda.

Na tela do iPhone, a primeira conversa era da Paula, amiga da Sofia, uma cliente da sorveteria que conhecia de vista. Gostosona, cabelo comprido, liso e grosso. A bunda do tamanho do Shopping Mueller. Paula estava surtada, me mandou mais de trinta mensagens entre áudios, textos e prints de conversas da Sofia com ele. Então entendi, com meses de atraso, o que de fato tinha acontecido na minha vida. Paula contou e comprovou com conversas que ele — o bom moço há quase um ano me acusando — estava envolvido com a amiga dela.

E por que ela resolveu me contar? Como chegou até mim? Segundo ela, a situação estava terrível, ela — como amiga — não aguentava mais. Eles tinham terminado porque a Sofia teve uma crise de ciúmes de mim. Não aguentava mais ele se questionando se deveria mesmo se separar. A amiga se meteu e veio falar comigo antes que a própria Sofia o fizesse.

Fiquei revoltada. Pela comprovação da traição em si, mas principalmente pela cara de pau dele de ter mentido estes meses todos. Enquanto me enchia de culpa e me desmoralizava por ter beijado um quase estranho num dia específico, ele manteve uma vida dupla por meses.

Mesmo espumando de raiva tive que voltar para a sala de aula, deitar na maca e esperar a professora refazer o processo do lado esquerdo do meu rosto. Os alunos perguntavam, a mulher me furava e não pude conter as lágrimas escorrendo pelos cantos dos meus olhos: não de dor, de ódio mesmo.

Não tive como não compartilhar com a turma o que eu estava passando. Foi um festival de sororidade: só tinha mulher. Todas querendo saber da história, fazendo perguntas. Tive que explicar que estava tudo bem, que eu já estava separada, mas que aquilo me doía porque era o derretimento de uma vida toda.

Sai da clínica bufando, a primeira coisa que fiz foi implorar pro meu chefe pra não ter que dar aula naquela noite. Era uma terça-feira e eu não tinha nenhuma condição de trabalhar. Queria gastar meu réu primário e socar o Beto até ele virar uma pilha pegajosa de carne, osso, músculo e mentira.

No dia seguinte foi a minha vez de convocar a família. Fiz igualzinho ele fez. Mostrei os prints, xinguei ele e perguntei mais de mil vezes:

— Como você pode ser tão falso? Sofia, é? Passou quase um ano dizendo que eu te traí e blá-blá-blá enquanto estava comendo tua cliente, influenciadora digital de maromba, que tem menos da metade da tua idade. Me poupe, você é um clichê, Beto. Um clichê, de mau gosto, dos anos 1950. Você é igual a todos os outros homens podres que vieram antes de você. A porra da ancestralidade que você vem falando nos últimos anos é isso. Apenas isso. Homens podres, fazendo merda geração após geração.

Fiquei um pouco constrangida pela minha mãe, minha sogra, minha filha e os irmãos dele estarem presenciando essa baixaria toda, de novo. A sogra — ex-sogra de fato — foi a primeira a me abraçar.

— Xinga mesmo, ele merece. Eu passei por isso e nunca pude encher a boca pra brigar, xingar, falar tudo que o pai dele tinha que ouvir. Por mim, fala tudo que você pensa, o que tá sentindo, xinga com gosto - me apoiou, botando ainda mais lenha na fogueira.

— Pode deixar, vou xingar sim, de tudo que ele merece, menos de filho da puta, pode deixar.

— Quem me dera ter sido mais puta nessa vida.

Choramos juntas. Abracei minha mãe, que anda cada dia mais decepcionada com a vida. Minha mãe era uma que venerava ele. Ela estava tão em choque que não conseguiu falar nada, só me olhar de forma triste. Como alguém pode ser tão falso e mentiroso?! Eu passei exatos dez meses posando de megera na família, de traidora, porque beijei um cara que mal conhecia depois de meses de abandono afetivo.

Agora tudo fez sentido. Não era foco em fazer e vender o melhor sorvete. Era em transar com alguém diferente, todo dia, sentir-se o tal.

Tenho voltado muitas vezes à clínica. Apliquei botox, fiz preenchimento do bigode chinês e das olheiras, jato de plasma em volta dos olhos e já agendei um peeling Rose de Mer. Não preciso nem dizer que a turma de alunas me adora. Sempre que vou lá conto os novos capítulos da minha vida de separada, como estou fazendo neste livro.

Penso que nada vai bem quando estamos sofrendo por amor. Tenho feito o que está a meu alcance. Pode ser ingenuidade minha, mas quanto mais a gente se conhece, mais se ama e consegue sair do buraco.

Esta passagem do livro *Caderno Proibido* (de Alba de Céspedes) é muito emblemática pra mim:

...se no escritório notassem que mantenho um diário, eu perderia todo o prestígio; os colegas iriam rir de mim, tenho certeza. É estranho: nossa vida íntima é o que mais importa pra cada um de nós, e no entanto, devemos sempre fingir vivê-la quase sem nos dar conta, com desumana segurança.

Nossa vida íntima é o que mais nos importa e, quem não enxerga isso, está fazendo tudo errado na minha opinião.

Papéis

Durante a pandemia minha mãe ficou bastante tempo sozinha, alternando entre suas três casas. Ficou muito pouco em Curitiba, onde mora no mesmo condomínio que eu, ainda que em outro prédio. No geral, ela preferiu ficar mais próxima da natureza, em Morretes ou na Ilha do Mel. Quando conseguíamos, eu e meus irmãos íamos visitá-la, com nossas famílias, mas admito que foram raras as vezes.

Em Morretes, em especial, ela ficava bem isolada, convivendo apenas com os caseiros, num ambiente muito aberto e cheio de verde, mas prescindir do contato humano faz mal como pudemos perceber nela. Só natureza não basta.

Minha mãe é o tipo de pessoa que não suporta frustração. Não gosta de bagunça, de cuidar de neto, de resolver problemas, de nada. Ela só gosta de gente a servindo ou puxando seu saco. A gente se dá bem, na medida do possível. Eu sou prática e sem paciência demais para sentimentalismos.

Nos longos períodos que esteve sozinha, ela se automedicava. Na verdade, é um hábito que dona Renata pratica a vida toda. Vai a um psiquiatra, pega receitas, compra remédios, toma como lhe dá na cabeça. Se você abre a gaveta da mesinha de cabeceira, encontra caixas e mais caixas de remédios para insônia, depressão, ansiedade, emagrecer, relaxar, tem de tudo.

Vez ou outra eu percebia que ela estava ficando meio grogue, ao vivo e no telefone. Havia poucas horas no dia em que nos atendia, no meio da tarde desligava o telefone. Assim a gente não tinha como saber se ela estava bem a não ser que fôssemos visitá-la. De manhã, ela, via de regra, dorme, ou seja, não atende também. Imagino que seja normal dormir de manhã quando se tem muita insônia de noite.

A gente cobrava: mãe, faz um exercício, cansa o corpo, lê um livro.

— Eu tentei. Paguei seis meses de pilates online.

— Por que parou?

— Porque a professora abria uma garrafa de vinho, sentava numa poltrona e ficava passando os exercícios sem nem se dar ao trabalho de demonstrar!

Nessa situação a gente era obrigado a dar razão a ela.

Quando a pandemia arrefeceu, ela passou a ficar mais tempo em Curitiba e percebemos que ela estava mudada. Quase catatônica.

Não foi preciso uma grande investigação —bastou uma conversa com o fisioterapeuta para clarear o quadro — ela estava viciada em Zolpidem. Virou uma planta. Acordava e logo tomava o remédio de novo pra emendar o sono. Estava se matando aos poucos.

Foi complexo, mas a internamos numa clínica para viciados em benzodiazepínicos. Não queria, mas aceitou. Ela estava tão lenta que havia deixado seu lado belicoso guardado em algum canto da abarrotada gaveta de drogas.

Duas semanas depois, uma aluna de quem gosto muito me comunicou que não viria mais às aulas neste semestre porque estava mal e iria se internar.

Exatamente na mesma clínica que a minha mãe estava. Contei a ela sobre a excêntrica senhora Renata e disse para procurá-la por lá. A clínica é pequena, certamente se encontrariam.

Enquanto esteve internada, minha mãe ficou incomunicável. A gente só falava com uma psicóloga a cada quinze dias. Ela sempre dizia:

sua mãe ainda está mal, com confusão mental, não tem condições de sair nem de encontrar a família.

Levei um susto numa sexta-feira enquanto almoçava com a Lana numa churrascaria uruguaia na avenida Rocha Pombo, perto de casa. Depois que me separei do vegetariano só penso em carne. A Lana é minha vizinha e a gente brinca que sexta é o nosso almoço de domingo, porque a gente sempre vai atrás de um churrasquinho. Eu estava convencendo ela a ir comigo na cartomante quando meu telefone tocou. Era da clínica.

— Alô, Estela, aqui é da clínica No More Drugs, tua mãe Renata está aqui ao meu lado, ela queria falar com você — anunciou a secretária Rosângela, cheia de dedos.

— Claro, me passa ela? — respondi engasgando com um assado de tira que a Lana insiste em pedir e eu não gosto muito porque acho difícil de comer.

— Téla, você tá aí? — falou já com voz de choro. — Você não vai acreditar. Tua aluna, a Olívia, sabe? Uma gracinha ela. Ficamos amigas. Ela disse que te adora, que nunca teve uma professora tão boa como você — e desandou a chorar, mal terminando as últimas palavras — era só isso filha, eu queria te contar.

— Mãe — aí quem embargou a voz fui eu — que bom, que bom — e ficamos em silêncio até ela desligar.

É mais fácil ser professora do que filha.

Bem-me-quer, malmequer

Quando fiquei sabendo, só em agosto de 2022, que ele estava vivendo uma história paralela, entendi que grande parte das nossas situações boas tinha acontecido quando ele terminava com ela, possivelmente por estar com a consciência pesada. Ele voltava com ela, esfriava comigo.

É muito cruel fazer isso com alguém: tratar bem e tratar mal, de forma alternada, e deixar o outro quebrando a cabeça pra entender o que fez de errado que justifique a mudança no afeto. É muito cruel jogar ioiô humano, deveria ser proibido.

Terreiro

Tenho andado muito angustiada, com um vazio que não passa. A fluoxetina me ajuda em muitos aspectos da vida: a não ter medo que tragédias me aconteçam e a fazer o que tenho que fazer no trabalho, mas na hora de botar a cabeça no travesseiro, não há paz. Tenho muita dificuldade para dormir, não consigo sair do trabalho, vir pra casa e ficar numa boa sem sair, beber e ficar na rua até tarde.

Era segunda-feira e vi uma postagem de um amigo do meu irmão no Instagram. Na foto, todo de branco, o Eucleres agradecia ao pai de santo de seu terreiro com muitos elogios: poderoso, amoroso e transcendente. Na terça-feira, de manhã, não me aguentei e mandei uma mensagem para ele. Posso ir hoje?, perguntei tímida explicando sobre a separação, a angústia, o pacote todo.

— Claro, Estela!

— Traz o Ricardo, se ele quiser, também!

— Vou ver com ele — menti, sabendo que não comentaria nada com meu irmão.

Tenho um pouco de preguiça de falar sobre meus estados emocionais para pessoas da família. Elas nunca me entendem.

O terreiro era longe, em Santa Felicidade. Eu não gosto de terreiro grande, de muvuca. Esse era pequeno e pareceu convidativo. Não tinha mais de vinte pessoas, contando com o Eucleres e a Márcia, sua namorada. Assim que cheguei, o pai de santo perguntou a todos presentes quem queria se consultar e avisou que iria se mudar de cidade e só haveria mais três encontros: aquele e mais dois. Todo mundo queria, então fizemos fila e os atendimentos começaram.

Quando chegou a minha vez, me encaminharam para uma mesa com uma mulher que falava com voz de preto velho. De novo, relatei tudo que me atormentava — a separação, as incertezas, a agitação, o vazio. Ela/ele disse que sentia que eu não estava sozinha. Não é de hoje que eu sinto isso, que tem alguém pendurado em mim. Já ouvi teorias que pessoas muito intensas atraem espíritos que grudam na gente e nos obrigam a ser mais intensas ainda para impor o que queremos porque sempre tem alguém atrapalhando, no nosso próprio corpo. Não sei o quanto eu acredito nessas coisas.

Dito isso, ela/ela falou que duas entidades queriam falar comigo: exu e a pombagira. Eu assenti, afinal foi pra isso que fui lá, para ver o que acontecia, não para me recolher. Exu incorporou nela e me disse umas verdades: que eu estava sempre me sentindo devendo coisas para alguém e que, por isso, não tinha paz. Me lembrou que sempre dou um jeito, que quando as coisas estão difíceis, eu me viro. Isso é algo que sinto bem forte mesmo. Não me conformo com o fim das situações, luto até o último momento. A entidade falou sobre essa minha mania de reverter o que me acontece, de não aceitar mudanças. Será que é bom para você, fia? Sorte sua, fia, que tu não casou com teu ex-marido aqui na minha casa. Quem casa no terreiro, fica casado por muitas vidas. Tu não casou aqui, larga o osso, segue tua vida, caminha pra frente, fia.

A próxima entidade a incorporar foi a pombagira. Ela pediu permissão para entrar em mim. Eu estava com um pouco de vergonha. Não tinha muita gente ali, eu só conhecia o Eucleres e a Márcia, mas não fico muito à vontade com isso de incorporar um espírito. Não tenho religião, mas acredito em tanta coisa misturada que não consigo entrar de verdade em nenhuma delas. A coragem venceu, cedi. Não foi nada demais, tomei cachaça, rodei algumas vezes no centro do terreiro e sai leve de lá. Não faço ideia de quanto tempo estive incorporada.

Quando penso no som do atabaque, no transe que fiquei, sinto muita paz.

Na noite de terça para quarta, deitei na cama e dormi até o meio-dia. Há décadas isso não acontecia. Bom demais.

Ainda bem que não casei no terreiro.

O sonho

Antes de sair do terreiro, a mãe de santo me disse: Acalma teu coração. A resposta vai vir num sonho. Cê tem que acordar e anotar tudo que lembra.

A semana foi intensa no campo onírico. Segui à risca as orientações. Acordava e anotava. Até que um dia tive um sonho tão lúcido que nem precisei escrever porque estava ali a resposta.

Não sei por que cargas d'água eu estava numa excursão de escola com minha filha. Nenhuma outra mãe lá, só eu. Ela era um pouco mais nova do que é agora, devia ter uns catorze anos. Enquanto nos deslocávamos num ônibus rumo ao destino do passeio, uma instrutora avisou no ônibus que quando chegássemos todos ganhariam um chocolate muito especial, suíço, que era o chocolate mais gostoso do mundo.

No entanto, quando chegamos, soubemos que houvera uma mudança de planos: não ganharíamos mais o chocolate.

Pra quê? Fiquei indignada e passei o resto do sonho discutindo e questionando. Eu não queria por nada perder aquela oportunidade única de provar aquele chocolate. Eu me sentia no direito e também com um certo senso de urgência — se não agora, quando?

O resto da excursão, minha filha inclusive, não estava nem aí. Eu lá brigando... Até que me conformei. Minha filha me passou um sermão. Ela disse que eu costumava ser inconveniente quando queria muito alguma coisa e que esse meu comportamento e se o mundo acabar amanhã e eu não fizer tal coisa era muito cansativo para ela.

A pergunta: Será que estou sendo muito insistente com o Alexandre? Tenho percebido um padrão nas minhas relações com homens (e com a vida): ou eu canso ou ganho no cansaço.

O discurso do arrependimento

O jogo virou. O Beto está desesperado. Diz que foi um idiota, que jogou fora tudo que tinha de mais precioso. Chora de me dar pena. O clássico discurso do arrependido. Eu não facilito:

— Já vivi meu luto. Agora você vive o teu e logo vai enxergar que é isso: nunca ia melhorar, nunca ia ajeitar as coisas.

Não, eu não quero voltar. Tampouco quero me separar, ter que mudar de casa. Está tão bom assim. Depois de vinte e cinco anos de casada, ele me ajudou muito a enxergar que não desejo mais estar com ele.

Não estou sozinha, tenho me ocupado com tantos casinhos que não sei nem como sigo dando conta da minha vida profissional. Essa merda toda começou em novembro do ano passado. Eu digo merda porque é uma confusão do caramba, mas não que seja ruim.

Hoje estava contando sobre um dos carinhas para Gabi. Coitada, se perde nas histórias. Pudera, não fechou um ano de solteirice e já me faltam dedos nas mãos pra organizar meus crushs.

(Outubro de 2022, Gabi, a amiga)

Naquela noite no Lola, quando deu a merda, tinha alguma coisa no ar que ela tava pescando. O Beto já tava traindo ela. E ela não é burra, ela já estava sentindo isso.

É assim que termina?

A gente tem se falado muito. Desde que a culpa bateu, ele vem agindo como se tivesse saído de um transe. Pronto, sou, de novo, a mulher da vida dele. Mesmo ele não sendo o homem da minha vida atualmente.

— Sinto muitas saudades de você, em vários aspectos — me escreveu no Whatsapp.

Respondi num áudio longo.

— Estranho seria se você não sentisse nenhuma, Beto. Numa mudança de vida tão grande, isso é bem normal. É por isso que se separar é tão difícil. Agora: isso não é motivo pra continuar casado. Motivos para continuar casado precisam ser maiores. A gente tentou um ano. Eu tentei em 2021 e na metade de 2022, eu tentei. Mesmo fazendo outras coisas, conhecendo outras pessoas. Mas não tive resposta, né? As respostas eram muito pequenas ou vazias. E a gente sabe o motivo. Acho que o mais importante pra você nesse momento é trabalhar o autoconhecimento. Você vai falar: ai, que absurdo, eu me conheço. Mas, eu acho — sinceramente — que quem passa um ano agindo de uma forma e diz que não é nada, que não foi nada, dá a impressão que andou um ano no piloto automático e não refletiu sobre nada.

Mas, se você não estiver me falando a verdade e foi um ano intenso mesmo, que você estava apaixonado, acho que você tem que trabalhar isso dentro de você. Você tem que falar a verdade, né? Ser verdadeiro com as pessoas. Se for este o caso, nem sei nem como você pode ter sido tão mentiroso com o mundo com relação a teus sentimentos, tuas vontades, teus desejos. Minha pergunta é: Você fala disso na psicóloga? Das duas, uma: ou você vem mentindo para todo mundo ou não tem refletido o suficiente e se conhece muito menos do que acha. Porque andar no piloto automático não é uma coisa boa. Você sempre me falou sobre consciência, sobre ter consciência. Quando eu te falava que eu ia dirigindo no piloto automático, você falava que eu tinha que ter consciência, que sou avoada. Então imagina que absurdo: você andou um ano no piloto automático!

Tive que me separar para me sentir uma pessoa sensata.

Gostar de gostar

Tem chovido na minha horta. Sem Tinder, Happy, Bumble, sem nada, tenho tido muitas opções. Até me assusto com a abundância. Mas quem eu quero não quer ficar exclusivamente comigo. No final do ano passado chegamos a um acordo: cada um pode ficar com quem quiser, porque não temos um compromisso. Nisso ele sempre foi muito transparente, diz que não quer compromisso com ninguém.

Gosto? Não. Detesto? Também não.

Me sinto adulta jogando às claras. Sem mentira, sem falsas promessas, sem microilusões.

Ainda assim eu queria estar com ele, porque sinto algo que me arrepia os pelos do braço e me amolece as pernas quando ele está por perto. Alexandre, nome de imperador, taurino, sério, gostoso.

Desde que voltei das férias a gente tem se visto, mas não ficamos juntos ainda. Ele tem se aproximado. Preciso elaborar melhor alguns sentimentos. E conversar com ele antes de mais nada, afinal, sou dessas.

Percebo que penso muito nele, não me envolvo afetivamente com ninguém mais, e isso, por mais que doa um pouco, faz me sentir viva. Minha terapeuta fala em pulsão de vida, no desejo desempenhando esse papel.

Para Lacan, desejo é desejo de desejo.

É bom gostar de alguém, ficar nervosa ao encontrar a pessoa, mesmo que a pessoa não esteja 100% na tua. Às vezes me questiono se gosto mesmo dele — das qualidades e dos defeitos — ou se só gosto de gostar dele, de me sentir algo forte. Todos meus outros casos de agora não mexem assim comigo. Fulano é legal, o carioca com quem passei duas semanas no Rio era um gato e muito gente boa, mas não tem jeito, quando abraço um travesseiro para dormir, é no Alexandre que eu penso.

Todo mundo gosta de equilíbrio. Nessa fase atual não tolero apatia ou serenidade, quero emoção.

No dia que a gente conversar, vou falar para ele: sinto isso por você, agora. Provavelmente vai passar, estou aberta. Amanhã ou depois, vou conhecer outra pessoa e me envolver, mas hoje essa pessoa é você. Ele faz o que quiser com essa informação.

Racionalizei meu desejo e vou comunicar o objeto. É isso que acontece quando uma mulher adulta e objetiva se apaixona.

Meu ex-marido falava que eu nunca me entregava. Agora, apaixonada, finalmente entendo o que ele queria dizer. Eu pensava que era ele queria que eu me esforçasse mais, que transasse por mais tempo, com mais frequência. Eu me sentia sempre em dívida, porque ele fazia mais, ele queria mais. Eu ficava na defensiva e, realmente, não me entregava.

Hoje sei o que a entrega significa e sei também o quanto é tão bom, mesmo sem qualquer garantia de continuidade na relação no dia seguinte. É curtir profundamente o momento quando estamos juntos. Alguém sabe quanto tempo leva pra passar um amor quando nos entregamos?

Sobre os aplicativos:

(Daniela, amiga de Lana, divorciada)

Eu entendo a Estela não usar, porque ela gosta de bar, festa, show, roda de samba e festival de cerveja. Eu não. Não consigo sair, trabalho tanto que não me sobra energia. Então, o aplicativo é muito bom porque pula essa etapa. Eu achava que só ia ter boy lixo, mas estou surpresa. Em especial com os apps em que dá pra escolher opção política, religião e hobbies. É muito prático e tem cada gato.

Não deveria, mas estou bem apaixonadinha por um cara com quem estou saindo, que conheci no Bumble. Ele não quer desestabilizar sua vida de separado organizado. Saímos uma vez por mês, está bom assim. Tem muito homem atrás de mim, nunca imaginei que aos 46 anos eu faria tanto sucesso. Acho que jamais me senti irresistível assim.

A Lana inventou uma teoria sobre a fartura de homens adultos legais no mercado: a pandemia. Muitos casais não aguentaram o isolamento juntos e se separaram, alguns até de forma bem madura. A consequência disso: dá pra escolher. Ops, pensando bem, eu também me separei na pandemia e endosso essa tese! Será que os caras sentem que tá bom agora também ou prefeririam antes, quando só eles podiam escolher? Eu é que não vou perguntar! Deixa assim, tá bom, tá ótimo.

Papos de mulher

— Eu só saio com novinho. Vocês já perceberam como é diferente? — disse uma.

— Total — concordou a outra.

— Diferente como? — perguntou a casada do grupo.

— Eles entenderam que sexo não é só sobre o pau — continuou a primeira.

— Sério ? — perguntou incrédula a casada.

— Sim! Isso! Eles são muito melhores, são mais livres, às vezes eu gozo várias vezes com meu date de 25 anos — contou a segunda sorrindo. Melhor que vibrador, é sério..

— Mas o problema...

— É que eles são muito de rede social, sabe? Passam o dia mandando foguinho nos stories e escrevendo sacanagens. Ao vivo são eficientes, mas bem comedidos — explicou a primeira — olha meu celular, quem vê pensa que sou a rainha da cocada preta. Tenho muitos fãs jovens empolgados, mas se quero sair pra jantar, é uma novela para os caras poderem — concluiu.

— Bem isso! E outra, parece que preferem o flerte virtual ao sexo de verdade — lamentou a segunda.

— Tá, e os véio? Os da nossa idade, que tal? — perguntou curiosa, a casada.

— Tudo meia bomba — resumiu uma.

— Tudo meia bomba mesmo — riu a outra.

— Então, não tem bom — concluiu a casada.

Um cantinho instagramável no seu coração

Laura, antiga professora da minha filha, animou a mesa do bar ontem com uma história hilária de sua vida solteira. Ela conheceu um cara num aplicativo de relacionamentos que tinha fotos incríveis de perfil. A luz, a paleta de cores, as roupas de linho combinando. Era como se o Sérgio morasse num filme do Wes Anderson.

O bem-apresentado rapaz era divertido e sempre postava fotos de trilhas. Ele mora próximo a Balneário Camboriú, uma praia de Santa

Catarina que faz o maior sucesso com a classe média de Curitiba. Sérgio só falava em natureza. A Laura é meio bruxa e adora tomar banho de rio pelada, ver a lua nascer do topo de uma montanha, essas coisas. Ela pensou: Por que não dar uma chance para o garoto Pinterest? Aquela estética toda traria, minimamente, beleza para sua vida.

Ela está separada e tem dois filhos. De vez em quando os meninos passam duas semanas em Porto Alegre com o pai e ela encara a estrada para buscá-los, ora na capital gaúcha, ora na ilha de Santa Catarina, quando o ex está de bom humor e se presta a trazê-los até o meio do caminho. Era o caso, então ela aproveitou para marcar algo com Sérgio, uma vez que passaria pela cidade dele.

O combinado foi se encontrarem em uma trilha na Praia Brava de Itajaí e, caso rolasse um clima, ela dormiria na casa dele. A princípio foi um bom encontro, o cara era um gato mesmo, um pouco mais baixo do que aparentava ser nas fotos, mas isso é detalhe, o céu estava completamente azul sem qualquer nuvem, não havia do que reclamar. No caminho, o papo fluiu e encontraram três tucanos na trilha, o que foi interpretado como um bom sinal pela professora.

De lá, seguiram para a casa dele, que nem de longe era como Laura imaginava. Não que ela esperasse uma mansão, mas a pequena moradia de alvenaria na encosta de um morro em nada lembrava os cenários das fotos num primeiro momento. Uma vez lá dentro, Laura foi reconhecendo os "cantinhos". A casa, muito precária, era repleta de paredes parcialmente pintadas, com quadros e plantas em meio a partes bagunçadas e vazias. A verdade é que Sérgio produzia fundos para suas fotos que não eram parte de um todo, mas retalhos de um nada. Sem saber o que fazer, Laura tomou um café e seguiu viagem, sentindo-se levemente enganada. Tadinho do Sérgio, talvez ele nem queira nada sério, esteja somente em busca de um amor instagramável, mas definitivamente não era para ela.

A responsabilidade afetiva

Desde que passei a me relacionar com outros homens, tenho pensado muito nos limites de uma relação informal. Quando a gente não tem um rótulo, não pode cobrar coisas como fidelidade, compromisso, coerência e *mas você disse*. Existe uma linha muito tênue entre o que é possível e o que é abusivo.

Não quero ninguém me cobrando nada, mas quero poder ter certeza de que um cara que combinou de jantar comigo na sexta não invente uma desculpa qualquer na quarta e eu tenha que engolir quietinha. Não é porque um relacionamento é casual que ele permite que a gente não se preocupe com os sentimentos do outro.

Tenho notado que os homens com quem me relaciono são muito claros — ou falam abertamente sobre querer ficar junto, dormir de conchinha a semana toda e viajar de casal nas férias ou não têm constrangimento em dizer que estão bem como estão, solteiros. Entendo os dois casos, porque também sinto vontade de ter alguém ao mesmo tempo que nunca fui tão feliz e livre na vida.

A pior coisa na vida de um adulto que está reaprendendo a se relacionar é quando o outro some, o famoso ghosting. É muito cruel porque quem fica no vácuo não faz a menor ideia do que está acontecendo e sofre. A incerteza nos leva para os piores lugares, onde imaginamos cenários terríveis. Mesmo que a verdade seja dura — ele não quer nada contigo — ela é preferível porque é o que é, e está resolvido.

É honesto dizer para o outro: Olha, eu quero ficar com outras pessoas? Não tenho certeza ainda. Sei que não é fácil ouvir. A gente foi forjada na mentira, no fingimento, na dissimulação, então a franqueza às vezes mata o romantismo. É um choque de realidade. Quem gosta de joguinho deve sofrer muito nos relacionamentos líquidos que o filósofo Zygmunt Bauman tão bem categorizou. Tudo é tão rápido e fluido que não dá tempo de fazer charminho, dizer "A" querendo que o outro entenda que é "B" ou ficar com outro para provocar, um clássico da minha adolescência. Hoje a gente tem que ser assertiva.

Perde um pouco a graça? Talvez.

Fala que passa

Durante um período que morou em Florianópolis, no final dos anos 1990, a Lana teve uma vizinha muito peculiar, a dona Maria. A diferença de quarenta anos entre elas em nada prejudicava seus papos. Lana vivia a solidão de criar um bebê longe de sua família e a senhora manezinha a divertia com suas memórias.

Dona Maria era viúva e contava muitas histórias anedóticas sobre o finado marido. Ele adorava promoções no supermercado. Ele não podia ver embalagens de Pague2, Leve3 que enchia o carrinho. Uma vez, Aimori, este era seu nome, comprou várias bandejas de iogurte. Os netos moravam longe e Maria não viu qualquer cabimento na compra. Homem, por um acaso, tu comes iogurte?, questionou. Eu não, Maria, por que a preocupação?, ele respondeu. Ao que ela replicou: porque eu também não, oras. Por que compraste tantos se as crianças estão na Disney?. E ele: Essa é boa, tu viste o preço, Mariazinha, eu não tinha como não aproveitar esta promoção! Ela contava esses casos e as duas morriam de rir.

A história preferida da Lana era a de uma vizinha, Denise, que a Maria tinha tido nos tempos que viveu na Baía de São Miguel, uma pequena praia ao lado da BR 101. Ambas moravam num casarão antigo, daqueles que as pessoas costumam dividir. Uma família mora em cima e outra embaixo. Assim que o marido de Denise saía para trabalhar, ela subia para tomar um café com Maria. Às vezes passava horas reclamando do cônjuge. No entanto, quando o marido voltava, no fim da tarde, Denise era toda amores com ele. Maria cansou de ver da janela o casal aos beijos na rua. Conclusão (da Maria): na falta de uma psicóloga, Denise fazia os ouvidos de Maria de pinico, desabafava todas suas mágoas e seguia sua vida sem grandes sofrimentos acumulados.

O terror dos maridos

Se havia alguém mais contemporizadora nessa cidade, eu desconhecia. Sempre que uma amiga casada reclamava do marido, eu seguia uma linha *não, amiga, veja bem, não é bem assim*. Eu já tinha passado por tanta coisa que acreditava, de verdade, que todo casamento era composto de fases boas e ruins e que tudo era uma questão de tempo, de esperar a próxima onda.

— Deixa pra lá. Aguenta firme que logo as coisas se resolvem! — dizia eu, com uma convicção danada, para todas elas.

As coisas não se resolvem. Uma hora a corda arrebenta, isso sim. Eu tinha mania de falar que os caras eram legais, de defender os maridos para minhas amigas ficarem bem. Para não se sentirem mal de terem escolhido este ou aquele homem por algum motivo.

Hoje, quando alguém me conta uma história, na minha cabeça, eu penso: intolerável. Intolerável. Intolerável.

Vou virar o terror dos maridos.

Porque eu não tenho mais como botar panos quentes. Não acredito que um homem mude de verdade, que estar casada é sempre o certo a fazer. Ontem tive mais um papo com uma amiga casada e é isso. Maridos, torçam para suas esposas não desabafarem comigo, porque virei seu pior pesadelo, uma advogada de acusação. Ah, se elas soubessem como é bom se separar!

Uma mulher de fé

Minha irmã comprou um apartamento de uma senhora que passava o tempo todo afirmando que estava sempre a abençoando e orando por ela. Um dia, a Mari cansou e botou os pratos na mesa: olha, dona Leia, sou ateia, mas agradeço sua boa intenção.

No entanto, conversa vai, conversa vem, ela teve sua falta de fé abalada pela primeira vez em muitos anos.

Dona Leia contou-lhe sobre seu casamento. Ela deve estar mais próxima dos oitenta. Assim que seu marido completou quarenta e um anos, decidiu abandoná-la. Eles tinham três filhos, haviam morado em oito cidades por causa do trabalho dele e namoravam desde a escola. Sua proposta de divórcio era de uma mesquinhez campeã: não queria dar nada pra ela, uma vez que apenas ele trabalhava fora.

Para além da indignação com a crise de meia idade do jovem senhor, o que mais a irritou foi o motivo: ele a traía com uma prima. Prima esta que ia à casa do casal com frequência, que vinha de São Paulo e hospedava-se com eles, para quem Leia emprestava dinheiro vez ou outra.

A resposta dela foi não. Negou-se a dar o divórcio nos moldes dele. Como faria para sustentar os filhos? Onde moraria? Para ele, isso era problema dela. Isso deve ter acontecido nos anos 1990. O clima estava péssimo e — se é que Deus existe — ele intercedeu por dona Leia.

Tudo começou com uma dor de dente na boca do Don Juan. No dentista, o diagnóstico: uma cárie havia sido a porta de entrada de uma grave infecção. Foram quatorze dias de hospital, alguns deles de UTI. Em vez de divórcio, enterro.

Dona Leia ficou viúva, com uma galhada na cabeça, é verdade, mas sem ter que dividir patrimônio nem passar fome. Por deus, que milagre divino!

Parte 8

Por que é tão difícil?

Este prefácio, que Virginie Despentes escreveu para seu ex-parceiro Paul B. Preciado, me leva às lágrimas, sempre que releio:

Os lugares onde você se instala parecem sempre células monásticas. Um escritório, um computador, uns cadernos, uma cama com um montão de livros que jazem a seu lado. É estranho estar na sua casa sem estar na minha casa; você foi a pessoa com quem passei mais tempo na minha vida, e este afeto, estranho e familiar ao mesmo tempo, segue sendo um enigma para mim, como um sentimento a meio caminho entre o prazer e a dor, ou melhor, os dois ao mesmo tempo. Deve ser a nostalgia.

Trecho de *Um apartamento em Urano*, de Paul B. Preciado.

Injusto

Acho injusto que a vida útil, ops, vida fértil, da mulher termine tão mais cedo do que a do homem. Acho injusto que o corpo feminino acumule mais massa gorda, acho injusto que a menopausa diminua a libido, acho injusto que nosso corpo não seja tão forte. Isso falando em natureza, se for falar em cultura, aí mesmo que a lista não tem fim.

Tive essa conversa um dia desses com uma amiga, ela disse "mas a natureza é tão perfeita". Ser perfeito não é prerrogativa de ser justo. Ou é? Fiquei em dúvida. Ao fim, concluímos: sim, a natureza é perfeita, quem não é perfeito é o homem, no decadente sentido grego mesmo, o ser humano.

Mais imperfeito do que o ser humano é o ser homem, o tal universal que criou todo conceito do que é ser mulher, ou se tornar, como diria Simone. Que criou a ideia de que a mulher quer ser cuidada, quer um amor pra vida toda e que o romantismo é muito mais importante do que sexo. E também difundiu a ideia de que para o homem só importa o sexo. Amor, companheirismo e cuidado seriam só penduricalhos anexados ao produto principal, a genitália.

Nada de novo até aí. Passamos anos e anos achando que a cultura e a natureza nos fizeram assim, românticas inveteradas, com uma libido mais ilibada, enquanto os homens são emocionalmente distantes e safados.

Nas andanças de solteira, observando, lendo estudos antropológicos, vertendo cervejas no bar e botando na conta um pouco de experiência, percebo que não é bem assim que a banda toca. Homens e mulheres se atraem por coisas distintas numa relação adulta.

E os motivos me parecem justamente o contrário do que a gente foi treinada a achar que eram.

Uma mulher pode cair de quatro quando vê estrelas na cama, assim como muitos homens se apaixonam quando encontram a mulher que lhe desperta vontade de almoçar, conversar e fazer coisas banais junto.

Ele já espera uma satisfação do sexo, isso é o mínimo. Ele se surpreende mesmo com um bom papo e risadas sem filtro. Ela já espera palavras bonitas e elogios, mas sonha mesmo com uma química inesperada. Ninguém nunca fala pra uma menina que ela deve casar com um cara que lhe proporcione muitos orgasmos, chega a ser engraçado escrever isso! Ninguém educa meninas assim, infelizmente.

Estou apaixonada, então, talvez essa minha teoria esteja parcial. O fato é que tenho refletido sobre as escolhas e os encontros da vida toda e isso me funde a cabeça. Para ser feliz, preciso ir contra tudo que fui ensinada lá atrás, ir contra a minha formação. É um trabalho e tanto.

Me sinto correndo atrás do prejuízo pra deixar a mente e o coração em paz. Minhas armas? Psicanálise, mapa astral, álcool, microdoses de cogumelo, *azamiga* e livros de Elena Ferrante. Que tal meu combo de sobrevivência da mulher adulta reflexiva e separada que quer uma vida com mais prazer e significado?

Um olhar filosófico sobre o amor e o trabalho

Platão dizia que para desejar era preciso não ter. Só desejamos o que nos falta.

No amor, quando não olhamos com respeito pra falta, a angústia aparece. Quando sofremos um término, mas não nos recolhemos para sentir o silêncio da solidão e viver o luto de não estar com o objeto amado, atropelamos a falta e somos encharcados pelo vazio. Este buraco vai chegando aos poucos, a gente tenta afugentá-lo, tenta preenchê-lo com mil compromissos e companhias. Mas quando o vazio se instala, a solidão nos inunda, praticamente nos afoga.

Aprendi isso num curso online que fiz com a Ana Suy, uma famosa psicanalista aqui de Curitiba. Será que a angústia que sinto é resultado de muitos encontros? Encontros no sentido spinozista, de estar sempre com pessoas e me importar com elas. De certa forma, tenho dificuldade de ficar sozinha e saio bastante. Tenho vários grupos de amigos para ir ao bar, a shows, a sambas de rua, exposições, festivais e aniversários. Tenho tido necessidade real de sair pra rua. Evito a falta, é fato. Talvez esteja abrindo espaço para a angústia. Sinto que não estou mais apaixonada pelo Alexandre e fico triste com isso.

Spinoza, em seus escritos sobre a Ética, ensinava que sentir alegria em relação a algo externo que nos move é positivo porque a gente age melhor quando está feliz. O amor é um afeto alegre. Um afeto que pode ser ação. Se você fica feliz com algo, quer mais daquilo, o afeto te move para a frente. Mas o amor ou a paixão são externos, ou seja, não temos controle sobre o objeto de nosso desejo. O resultado disso: dificuldades, frustrações e algum sofrimento. Malditas causas externas! O amor é bonito mesmo assim, mesmo quando nos traz dores e a sensação de impotência. No fundo, amar alguém é amar a vida.

Ultimamente ando tão sem tempo para me ocupar do amor que tenho me dedicado ao terceiro gênero da ação — segundo Spinoza, tenho brincado de ser deusa/natureza. Estou em processo de criar algo.

Por mais estranho que pareça, estou apaixonada por escrever minha tese. É um prazer muito grande produzir algo. É um amor muito bom, porque é interno, vem de dentro, consigo controlar plenamente minha ação. É forte e potente e me deixa tão feliz quanto o amor romântico.

O amor é bonito quando vem de dentro. A gente sozinha produzindo afeto e euforia, a partir da gente mesma. Se o outro nos ama, é outra história. Minha tese não me ama, já que é inanimada, mas me traz muita satisfação.

Amor, sexo e proibições

Ainda sobre paixão, tenho uma teoria sobre porque nos equivocamos tanto com o que querem os homens e as mulheres numa relação. Eu tinha recém completado nove anos quando minha mãe me chamou pra ter "a conversa". Ela começou perguntando se eu gostava de alguém na escola. Envergonhada, admiti que sim, tinha uma quedinha por um colega, o Klaus. Quanto engano, foi só eu dar o nome do garoto para ela encaixá-lo no roteiro da estorinha que queria me contar.

— Era uma vez uma menina de cabelos enrolados chamada Estela, que era amiguinha de um menino sardento chamado Klaus. Um dia, ele pediu ela em namoro. Ela aceitou porque achava que namorar era só ficar de mãos dadas com o amigo no recreio do colégio.

— Ah, mãe, para com essa história, não quero saber. Você tá inventando — tentei cortar.

— Me deixa continuar, é importante. O tempo foi passando e o corpo da Estela e também do Klaus foram mudando. O namoro, que era apenas uma brincadeira, foi se transformando em um namoro quase igual de adulto. Eles se beijavam e o menino queria sempre passar a mão nos peitinhos, na bunda e na pepeca da Estela. Mas ela não pode deixar, nunca.

— Pelo amor de deus, mãe, que história mais sem pé nem cabeça, chega, chega mesmo.

— Espera, sou sua mãe, preciso te explicar como o mundo funciona — seguiu ela, até concluir a aula. — Um dia, a Estela deixou o Klaus vê-la sem calcinha, sabe o que ele fez? Contou pra todo mundo que ela era uma vagabunda!

O pior foi o *grand finale*. Isso que a minha mãe era bem moderna, fico imaginando *as conversas* das minhas amigas, cujas mães eram bem mais caretas que a dona Renata. O fato é que eu me traumatizava com essas histórias. Pobre de mim, menstruei com quase dezesseis anos, fui a última da sala a ter peitos.

Com os meninos, o roteiro da *conversa* costuma ser exatamente no sentido oposto, do tipo, ela vai dizer não, mas você tem que ser homem e forçar a barra.

Meninas aprendem que amizade e companheirismo importam e sexo é errado; meninos aprendem que sexo importa e amizade e companheirismo são dispensáveis. Será mesmo? Será que nós — humanos — não precisamos de tudo para nos sentirmos felizes e amados?

Por isso eu acho que uma mulher casa com um homem que seja amigo e companheiro e o sexo faz parte, dificilmente é o principal. Com o passar do tempo, num casamento duradouro, o sexo fica burocrático, mas, em compensação, pode ficar assertivo. O homem vai sacando o que nos dá prazer e — por mais que a gente não queria transar — quando transa é bom. O gozo está garantido no fim. Nenhuma mulher casada há mais de dez anos com o mesmo homem olha pra ele e fala: meu deus, que vontade de dar pra esse homem agora! Eu tenho muitas amigas casadas e posso falar com 100% de segurança. Tinha, na verdade, porque a maioria está se separando.

Com relação à vida e ao olhar da mulher solteira, posso atestar que fora do casamento a gente sente mais tesão, a gente quer transar, mas o final da história é uma incógnita. Será que vai ser bom? Será que vou gostar do cheiro e do gosto dele? Será que vou me soltar na cama? Pode ser bom, mas não temos garantias, como no casamento. O sexo nos instiga, porque é uma esfera que foi proibida pra nós.

Acho que amizade e companheirismo — o tal do bom papo — mexe profundamente com os homens. Quando uma mulher consegue furar a impessoalidade e adentrar nesse espaço de afeto — que, quando muito, habitado por um ou outro amigo — um homem finalmente entende o que é o amor. Será que estou sendo muito otimista com as possibilidades de relações? Eu só quero um mundo mais justo, só isso.

Como morrem os casamentos longevos

Tive uma amiga, a Mônica Figueredo, que me disse, meses antes de falecer (talvez estivesse pressentindo o fim próximo) que a vida não tinha estreia, era só ensaio. *Às vezes, quando estamos prontos para uma relação, ela nem existe mais, já passou. O que nos resta é seguir vivendo, sem esperar o grande ato*, postulou ela, entre uma taça e outra de vinho rosé, me deixando muito reflexiva na ocasião. Meu casamento teria sido melhor se a gente conversasse mais, tivesse feito mais terapia, se ele não gostasse tanto de sexo ou eu não amasse tanto meu trabalho? No fundo, acredito que nós dois pensávamos que o tempo curaria e dissolveria nossos problemas, que no fim tudo daria certo. Não deu.

Hoje, mais pragmática, gosto de pensar que o esforço e a gentileza nos levam a lugares melhores. O sofrimento piora as experiências, não lapida nada, só causa dor. Vivo como se o plantio e a colheita fossem quase a mesma coisa.

Venho tratando cada interação com os outros como única. Dou meu melhor agora porque não penso mais em longo prazo e em situações que estão dadas como resolvidas pra sempre. É mais leve e divertido viver assim. O saldo do dia, da semana, dos meses sempre é bom, porque não me economizo mais, estou vivendo.

Adeus, Alexandre, preciso ser estoica

Se a gente ainda quer gostar mas o objeto do desejo não colabora, é hora de desencanar. Preciso ser estoica, entender que isso é da vida, que os bons encontros se desfazem, perdem o sentido e que é necessário caminhar para a frente.

Por mais que eu adore cada segundo que passo a seu lado, não vejo futuro entre a gente. Cada um é livre pra ficar com outras pessoas e, por mais que eu não sinta culpa ou ache errado sair com outros caras, admito que sinto ciúmes dele. Decidi dar um tempo de ficar com ele, talvez um tempo permanente, um ponto final. Se eu fosse a roteirista do universo, escreveria cenas diferentes, mas é o que temos nessa temporada de *minha vida real de separada.*

Um dos sinais da morte de um casal, segundo Laura, amiga que está casada há séculos, já se divorciou, voltou com o mesmo homem e agora está querendo cair fora de novo é: quando um casal só consegue conversar por intermédio de outros, não tem mais papo reto, já era. Sabe quando você precisa de amigos na mesa para contar uma novidade ao próprio marido? Nesse tipo de relação é comum a gente ficar com a sensação de ser a última a saber de algo. É uma forma bem sutil de traição ou falta de lealdade.

Enfim, eu e o Alexandre, hoje em dia, só estamos interagindo por meio de um grupo de amigos no WhatsApp. Tudo que ele posta, eu priorizo, vejo rápido, curto, chego a olhar duas vezes, mas fica nisso. A gente não tem mais nossas conversas, o que é uma pena, porque eu gostava bastante de trocar — angústias, fofocas e fluídos — com ele.

Meta para os próximos meses: terminar meu doutorado, conduzir bem a parte burocrática do divórcio e sentir o coração bater de novo (porque não escuto mais a taquicardia do amor aqui no peito).

E agora?

Gabi me ligou e disse que vai se separar. Não aguenta mais o marido.

Lana saiu de casa, botou na cabeça que precisa de ao menos um mês sabático do casamento.

O que vou dizer pra elas? Não sou de sair dando conselhos, mas se eu soubesse antes como seria bom me separar, teria feito isso há muito tempo.

Toda vez que alguém me questiona se eu não me incomodo de ter *perdido* um homem tão bom quanto o Beto, fico pensando: será que as pessoas também perguntam isso pra ele, como ele está sobrevivendo sem uma mulher tão boa como eu? E rio sozinha.

FIM

Agradecimentos

Agradeço às inúmeras amigas separadas que me ajudaram a construir esta história, em especial Ana Isabel Araújo, Paula Pedroso, Raphaela Donaduce Flores, Carla Barth, Susan Pastega, Patrícia Fioravanti, Maitê Brepohl, Manita Menezes, Daniela Licht, Clara Corleone e Daniela Cedola. Este livro provavelmente não existiria se não fosse meu marido Marcos e minhas filhas Anita e Aurora; meus incentivadores Fabio e Lu Haag e às (sempre primeiras leitoras) Eloisa Piangers e Marly Cardoso. Finalmente à generosa Giovana Madalosso — também primeira leitora deste romance — à Agência Riff, às queridas Lucia Riff e Eugênia Ribas-Vieira, ao editor Rodrigo de Faria e Silva e à Alta Books por acreditarem no potencial deste livro.